가네코 미스즈 전집 1

별과 민들레

가네코 미스즈 전집 1

별과 민들레

이 책은 2014년도 국제교류기금 번역출판조성프로그램에 선정되어 조성금을 교부받아 번역 · 출판된 도서입니다.

JAPANFOUNDATION 国際交流基金

한국어판 『가네코 미스즈 전집』 출판에 부쳐

동요는 시입니다.

리듬이 있는 시입니다.

누구나 알 수 있는 말로 쓴 시입니다.

어린이부터 노인에 이르기까지, 3세대가 공유할 수 있는 시입니다.

가네코 미스즈(金子みすゞ)의 동요는 읽는 사람의 인생관, 종교관, 우주관의 깊이와 넓이에 따라 보다 깊게, 보다 풍부하게 읽을 수 있는 멋진 시입니다.

**

가네코 미스즈, 본명 가네코 데루(金子テル)는 1903년 4월 11일 야마구치현 오쓰군(山口縣大津郡), 지금의 나가토시 센자키(長門市仙崎)에서 아버지 가네코 쇼노스케(金子庄之助), 어머니 미치의 장녀로 태어났습니다. 2년 후 남동생 마사스케(正祐)가 태어나 가네코 집안은 아버지, 어머니, 할머니 우메, 오빠 겐스케(堅助), 여섯 식구였습니다. 1906년 아버지 쇼노스케가 세상을 떠나고 일할 사람이 없어진 가네코 집안은 시모노세키의 인척이 운영하는 서점 우에야마분에이도(上山文英堂)의 도움으로, 오쓰군에 단 하나뿐인 서점 가네코분에이도를 시작했습니다. 동생 마사스케는 시모노세키의 우에야마분에이도에 양자로 들어갔습니다. 그래서 가네코 집안은 네 식구가 되었습니다. 어진 어머니 미치와 신앙심이 두터운 할머니 우메 덕분에 언제나 밝고 따뜻한 가정을 이룰 수 있었습니다.

1920년 오쓰여자고등학교를 졸업한 가네코 미스즈는 1923년 4월부터 시모노세키 우에야마분에이도의 작은 지점의 점원으로 일하기 시작합니다. 이 무렵부터 당시로서는 무척 새로운 형식으로 어린 사람도 읽을 수 있는 언어로 시, 동요를 썼습니다. 이후 잡지 『동요』를 중심으로 작품을 투고하여 일본을 대표하는 시인 사이조 야소(西條八十)로부터 '젊은 시인 중의 거성'이라는 칭송을 받아 당시의 투고 시인들이 동경하는 별이 되었습니다.

그러나 그사이 결혼한 미스즈의 생활은 그다지 행복하지 못했고, 1930년 3월 10일 사랑하는 딸 하나를 남겨 둔 채 스물일곱의 젊은 나이에 세상을 떠났습니다. 그리고 1984년 2월 『가네코 미스즈 전집』이 출판되기까지 반세기 이상이나 가네코 미스즈는 '환상의 동요시인'으로서, 극히 일부 시인 사이에서만 몇 편의 작품과 함께 이야기되는 정도일 뿐 많은 사람 앞에서는 자취를 감추었습니다.

**

내가 처음으로 가네코 미스즈의 작품 「풍어」를 만난 것은 1966년 대학 1학년 때였습니다. 『일본동요집』(이와나미문고) 속에 단 한 편, 미스즈의 「풍어」가 수록되어 있었습니다.

풍어

아침놀 붉은 놀
풍어다
참정어리
풍어다.

항구는 축제로
들떠 있지만
바닷속에서는
몇만 마리
정어리의 장례식
열리고 있겠지.

「풍어」를 처음 읽었을 때, 이 책에 실려 있는 다른 모든 작품은 사라져 버릴 만큼 충격을 받았습니다. '풍어'라고 하면 큰 기쁨으로만 생각하던 나에게 "바닷속에서는/ 몇만 마리/정어리의 장례식/열리고 있겠지"라는 정어리의 입장에서 본 '풍어'를 보여 주었기 때문입니다. 거기에는 자기 중심의, 인간 중심의 시선을 완전히 뒤집는 선명하고 강렬하며 아름다운 시선이 있었습니다. 미스즈의 작품을 더 읽고 싶다. 미스즈는 어떤 사람일까? 이 한 편의 작품 「풍어」와의 만남이 나를 미스즈 찾기의 긴 여정으로 내달리게 했습니다.

그로부터 16년이 지난 1982년 6월, 나는 드디어 미스즈의 남동생 우에야마 마사스케를 만났습니다. 그는 미스즈의 자필 유고 동요집 세 권과 사진 등을 소중하게 보관하고 있었습니다. 동요집 세 권에는 각각 '아름다운 마을',

'하늘의 어머니', '쓸쓸한 공주님'이라는 타이틀이 붙어 있었고 목차에 ○표시가 있는 발표작 90편을 포함한 512편의 작품이 잠자고 있었습니다.

1984년 2월 28일 이 세 권의 유고 동요집을 바탕으로 한 『가네코 미스즈 전집』이 JULA출판국에서 간행되어 그로부터 '환상의 동요시인 가네코 미스즈'의 소생이 시작되었습니다. 이후 선집, 동요 그림책, 평전 등 가네코 미스즈에 관련된 서적이 연이어 출판되어 조용히, 그러나 확실하게 일본 속으로 퍼져 나갔습니다.

그로부터 30년. 갖가지 잡지에 가네코 미스즈 특집이 실리고 그 작품과 생애가 텔레비전 드라마와 영화와 연극의 소재가 되었으며, 3회에 걸쳐서 성대한 「가네코 미스즈전」이 전국을 순회하였고 교과서에도 실렸습니다. 동일본대재해 때에는 기도문으로 미스즈의 시 「메아리신가요」(한국어판 『가네코 미스즈 전집 2』 수록)가 텔레비전 광고로 전 일본에 흘러 나갔습니다. 지금은 일본에서 가네코 미스즈의 이름과 작품을 모르는 사람이 거의 없습니다. 전집을 발행한 해에 출판된 선집 『나와 작은 새와 방울과』(도서출판 소화 간행)는 100쇄를 넘겼습니다. 또 전 세계 11개국의 언어로 번역되어 출판되고 있습니다.

**

이렇게 놀라울 정도로 세계로 확산되는 것은 가네코 미스즈의 깊은 시각과 언어의 힘으로 생각됩니다.

물고기를 노래할 때에는 물고기에 다가서고, 꽃을 노래할 때에는 꽃에 다가서고, 돌을 노래할 때에는 돌에 다가서는 미스즈의 동요를 읽을 때 누구나 자기중심, 인간중심의 시각에서 풀려나 모든 이가 본래 갖고 있는 부드럽고 아름다운 시각을 떠올릴 수 있기 때문이 아닐까요. 이것이 국경을 넘어 세계로 퍼져 나가고 있는 큰 이유일 것입니다.

바꾸어 말하면 우리는 자신도 모르게 자기중심, 인간중심이 되어 나를 나로 존재하게 해주는 소중한 당신을 나보다 아래에 놓고 '나와 당신'이라고 생각하기 마련입니다만, 미스즈의 작품을 읽으면 그 위치가 바뀌어서 '당신과 나'로 모두가 소중하다는 시각을 깨닫게 됩니다. 이 '당신'에는 생명이 있는 것도, 생명이 없는 것도, 무기물도 포함됩니다. 모든 것은 지구라는 별에 함께 태어난 아름다운 가족입니다.

가네코 미스즈가 세상을 떠나고 75년이 되는 2015년, 미스즈의 전 작품이 서승주 씨에 의해 한국어로 번역되어 출판되는 것은 『가네코 미스즈 전집』 출판에 관여해 온 우리에게 너무나 큰 기쁨입니다. 그러나 그 누구보다도 가네코 미스즈 자신이 기뻐하고 있을 거라고 생각합니다. 서승주 씨에게 진심으로 감사드립니다.

2015년 새봄을 앞두고
야자키 세쓰오(矢崎節夫)

차례

한국어판 『가네코 미스즈 전집』 출판에 부쳐 · 5

하늘 저편

장지문 · 17 / 물고기* · 18 / 구름 · 19 / 가설무대 · 20 / 채소 가게 비둘기 · 21 / 하늘 저편 · 22 / 악대 · 23 / 요술방망이 · 24 / 히나마쓰리 · 25 / 혹떼기 — 이야기 노래 1 · 26 / 대나무 공주 — 이야기 노래 2 · 27 / 난쟁이 — 이야기 노래 3 · 29 / 바다의 궁궐 — 이야기 노래 4 · 30 / 참새의 집 — 이야기 노래 5 · 31 / 해님 달님 조개 · 32 / 축제 무렵 · 34 / 참새의 어머니* · 35 / 달님과 구름 · 36 / 울보 · 37 / 작은 의심 · 38 / 닭* · 39 / 박꽃* · 40 / 상자집 · 41 / 밤* · 42 / 손거스러미 · 43 / 축제 지나고 · 44 / 자운영 밭* · 45 / 세토 해협의 비 · 46 / 내해 외해 · 47 / 바다의 아기 · 48

모래 왕국

보릿짚 짜는 아이의 노래 · 51/ 금목서* · 52 / 속눈썹의 무지개* · 53 / 램프 · 54 / 도토리 · 55 / 초가을* · 56 / 귀뚜라미 · 57 / 게으른 시계 · 58 / 모래 왕국* · 59 / 눈 없는 말 · 60 / 초원* · 61 / 낮 불꽃놀이* · 62 / 산 몇 개 · 63 / 반짝이는 머리칼 · 64/ 칠석날 조릿대* · 65 / 몬쓰키 · 66 / 분수의 거북 · 67 / 행군장기 · 68 / 도깨비 된장 · 69 / 아름다운 마을* · 70

장례식 날

마법의 지팡이 · **73** / 외딴집 시계 · **74** / 하카타 인형 · **75** / 바쁜 하늘 · **76** / 맑은 가을날 · **77** / 유등 · **78** / 우체국 동백꽃* · **79** / 수첩* · **80** / 사월 · **81** / 띠꽃 · **82** / 색종이 · **83** / 한밤중의 바람 · **84** / 낮 전등* · **85** / 잊어버린 노래 · **86** / 하늘의 색 · **87** / 나무* · **88** / 악대 · **89** / 바다의 섬 · **90** / 트럼프의 여왕 · **91** / 어부 아저씨 · **92** / 장례식 날* · **93**

풍어

풍어* · **97** / 설날과 달 · **98** / 가을 소식 · **99** / 숨바꼭질 · **100** / 고개 · **101** / 낮달 · **102** / 나의 고향 · **103** / 가루타 · **104** / 읍내의 말* · **105** / 달님의 배 · **106** / 이야기 · **107** / 넘어진 곳 · **108** / 꿈팔이 · **109** / 뜬 섬 · **110** / 큰 글씨 · **111** / 구슬치기 · **112** / 나뭇잎 보트 · **113** / 솔방울 · **114** / 천인 · **115** / 싸움 뒤* · **116** / 어린이의 시계 · **117** / 이야기 속 나라 · **118** / 진달래 · **119** / 엄마 없는 오리 · **120** / 유리* · **121** / 돌멩이* · **122** / 솔개 · **123** / 월출 · **124** / 뽕나무 열매 · **125** / 임금님의 말 · **126** / 우유의 강* · **127** / 환등 · **128** / 해자 옆에서 · **129** / 빨간 배 · **130** / 장례식 놀이 · **131**

어른의 장난감

미코시 · **135** / 전보 배달원 · **136** / 눈동자 · **137** / 꽃잎의 물결 · **138** / 쥐불과 고사리 · **139** / 전학생 · **140** / 신기한 항구 · **141** / 가랑눈 · **142** / 내 누에 · **143** / 저물녘* · **144** / 집 없는 물고기* · **145** / 옷감 짜기 · **146** / 상자 정원 · **147** / 바닷가의 돌 · **148** / 햇살* · **149** / 어른의 장난감 · **150** / 매미의 옷* · **151** / 꽃집 할아버지* · **152** / 개구쟁이의 노래 · **153** / 야산 · **154** / 물고기의 봄 · **155** / 긴 꿈 · **156** / 마술사의 손바닥 · **157** / 축제의 북 · **158** / 축제 다음날 · **159** / 이웃 마을 축제 · **160** / 봄날 아침* · **161** / 비 갠 뒤 · **162** / 구름의 색깔 · **163** / 잠자는 배 · **164** / 옆집 아이* · **165** / 모난 돌 · **166** / 물고기 시집가는 날 · **167** / 할멈의 이야기 · **168** / 반딧불 계절 · **169** / 말 흉내 — 아빠 없는 애의 노래 · **170** / 꽃 이름 · **171** / 시골 그림 · **173**

어제의 장식수레

과자 사기 · **177** / 생선 파는 아주머니께 · **178** / 연꽃 · **180** / 제비 엄마 · **181** / 나무열매와 아이 · **182** / 마술사 · **183** / 시골 · **184** / 행복 · **185** / 나와 공주 · **186** / 곡마단 가설극장 · **187** / 저택의 벚꽃 · **188** / 할머니와 조루리 · **190** / 돛 · **192** / 모기장 · **193** / 비 갠 뒤 · **194** / 바다로 · **195** / 하늘의 잉어 · **196** / 푸른 하늘 · **197** / 버들과 제비 · **198** / 바다와 갈매기 · **199** / 잘 가! · **200** / 소나기 정벌 · **201** / 보이지 않는 것 · **202** / 책과 바다 · **203** / 불꽃 · **205** / 달리기 · **206** / 비녀 · **207** / 어제의 장식수레 · **209**

하늘의 어머니

고치와 무덤* · **213** / 밝은 쪽으로 · **214** / 행상대 · **216** / 하늘의 큰 강 · **217** / 벌과 하느님* · **218** / 계집애 · **219** / 달님의 노래 · **220** / 한밤중의 하늘 · **221** / 잔디 · **222** / 무인도 · **223** / 나팔꽃 덩굴* · **225** / 보리깜부기 · **226** / 들어오는 배 나가는 배 · **227** / 진흙탕* · **228** / 심부름 · **229** / 작년의 오늘 — 대지진 기념일에 · **230** / 과자 · **232** / 나의 언덕 · **233** / 불꽃놀이 · **234** / 활동사진 · **235** / 조그만 나팔꽃 · **236** / 장미의 뿌리 · **237** / 가을 · **238** / 뱃집 · **239** / 바다의 인형 · **241** / 사냥꾼 · **243** / 흙* · **245** / 캄캄한 밤의 별 · **246** / 해님의 노래 · **247** / 바다의 색깔 · **248** / 넓은 하늘 · **249** / 칠석 무렵 · **250** / 항구의 밤* · **251** / 삐라 뿌리는 자동차 · **252** / 물맴이 · **253** / 삼나무와 쇠뜨기 · **254** / 울새의 서울 · **255** / 밤 · **256** / 바람 · **257**

땅의 할멈

흰 백합의 섬 · **261** / 밭에 내리는 비 · **263** / 바다의 끝 · **264** / 전등의 그림자 · **265** / 밝은 집 · **266** / 시계의 얼굴 · **267** / 손가락 걸기 · **268** / 맨발* · **270** / 땅과 풀* · **271** / 장미의 마을 · **272** / 물푸레나무 등불 · **273** / 박꽃 · **274** / 장지문의 그림 · **275** / 해님, 비님 · **276** / 참새와 양귀비 · **277** / 구름 · **278** / 스님 · **279** / 포구의 미코시 · **280** / 달력과 시계* · **281** / 종이접기 놀이 · **282** / 빈터의 돌멩이 · **284** / 금붕어 · **285** / 송아지 · **286** / 분실물 · **287** / 순례 · **288**

꽃의 영혼

두 개의 작은 상자 · **291** / 꿈과 생시* · **293** / 늙은 단풍 · **294** / 별과 민들레* · **295** / 꽃의 영혼* · **296** / 아침과 밤 · **297** / 보리의 싹 · **298** / 무지개와 비행기 · **299** / 두 개의 풀 · **300** / 나무 · **301** / 차례차례 · **302** / 달과 도둑 · **303** / 자국눈 · **304** / 학교 가는 길 · **305** / 차 선반 · **306** / 새 둥지 · **307** / 이슬* · **308** / 기둥감기 · **309** / 물과 바람과 아이 · **310** / 아이 구름 · **311** / 마음속 인형 · **312** / 축음기 · **313** / 산다화 · **314** / 언젠가 · **315** / 꽃이라면 · **316** / 뱃사공과 별 · **317** / 잃어버린 것 · **318** / 밤에 지는 꽃 · **320** / 북풍의 노래 · **321** / 달빛 · **322**

가네코 미스즈 연보 · **324**

옮긴이의 말 · **333**

일러두기

1. 이 전집은 원저 『金子みすゞ全集 Ⅰ~Ⅲ』을 두 권으로 구성한 것이다. 전집의 1권은 원저 Ⅰ권 『아름다운 마을(美しい町)』 전체와 Ⅱ권 『하늘의 어머니(空のかあさま)』의 146쪽 「달빛(月のひかり)」까지 수록하였으며, 전집 2권은 원저 Ⅱ권의 147쪽 이후와 Ⅲ권 『쓸쓸한 공주님(さみしい王女)』 전체를 수록하였다.
2. 차례에서 * 표시가 있는 시는 가네코 미스즈의 시집 『나와 작은 새와 방울과』(도서출판 소화)에 수록되어 있다.
3. 일본어 표기는 국립국어원의 외래어 표기법을 따랐다.
4. 일본어 인명 · 지명 · 문화재 이름 등 고유명사는 일본어로 표기하는 것을 원칙으로 하고, 의미를 이해하는 데에 도움이 되도록 한자를 병기하였다.
5. 우리말로 옮기기 어려운 음식 이름, 놀이 등 일본의 고유문화를 나타내는 말은 일본어를 그대로 사용하고 주를 달아 설명하였다.

하늘 저편

장지문

방의 장지문은, 빌딩.

하얗고 깨끗한 돌로 만든,
하늘까지 닿는 열두 층,
방의 개수 마흔여덟.

한 방엔 파리가 있고,
나머진 모두 빈방.

마흔일곱 칸 방방에,
누가 들어올까나.

한 개, 열린 저 창으로,
어떤 애가 내다볼까나.

—창은 언젠가, 토라졌을 때,
　손가락으로 내가 뚫어 놓은 창.

혼자서 긴긴 낮 내다보고 있으니,
그곳으로 보이는 푸른 하늘이,
금세 그늘이 되었습니다.

물고기

바다의 물고기는 가엾다.

쌀은 사람이 만들어 주지,
소는 목장에서 길러 주지,
잉어도 연못에서 밀기울을 받아먹는다.

그렇지만 바다의 물고기는
아무한테도 신세지지 않고
심술 한 번 부리지 않는데
이렇게 나에게 먹힌다.

정말로 물고기는 가엾다.

구름

난 구름이
되고 싶어.

둥실둥실
푸른 하늘
끝에서 끝을
다 보고,
밤에는 달님과
술래잡기.

그것도 질리면
비 되어
번개님 데리고,
우리 집 연못에
뛰어내리지.

가설무대

거적으로 만든
가설무대,
연극은 어제로
끝났습니다.

노보리• 세웠던
언저리엔,
송아지가 풀을
뜯고 있다.

거적으로 만든
가설무대,
저녁 해는 바다로
가라앉는다.

거적으로 만든 가설무대
지붕 위,
갈매기가 빨갛게
물들었다.

• 폭이 좁은 천의 옆과 위에 많은 고리를 달고 장대를 끼워서 세우는 기. 군 진영, 제례, 의식 등에 사용한다.

채소가게 비둘기

어미 비둘기 새끼 비둘기
비둘기 세 마리
채소가게 처마에서
구구 하고 울었다.

가지는 보라
양배추는 초록
딸기도 빨강
이들이들 젖어서.

무엇을 사죠
하얀 비둘기
채소가게 처마에서
구구 하고 울었다.

하늘 저편

하늘 저편엔 무엇이 있나

소나기구름도 모르고
해님조차 모르는 일

하늘 저편에 있는 것은
산과 바다와 이야기하고
사람이 까마귀로 변신하는
신기한 마법의 세계입니다.

악대

활동사진 악대가,
점점 가까워 온다.

살짝 되돌아보면, 어머니는,
저쪽 보고 바느질한다.

활동사진 악대는,
마침, 밖에 와 있는데,

'죄송해요' 말해 버릴까,
가만히 달려나가 볼까.

활동사진 악대는,
점점 멀리 사라져 간다.

요술방망이

요술방망이 받는다면
난 무엇을 나오게 할까.

양갱, 카스텔라, 콩강정•
언니 것 같은 손목시계,
아직아직 그보다는 새하얀
노래 잘 부르는 앵무새 꺼내어서,
빨간 모자 난쟁이를 꺼내어서
날마다 멋진 춤 구경할까.

아아니, 그보다는 옛날이야기 속
난쟁이 했던 것처럼
키를 늘려 단번에
어른이 되면 좋을 것 같다.

• 원문에서는 '아마낫토(甘納豆)'. 아마낫토는 당밀에 조린 콩이나 팥을 설탕에 굴린 과자.

히나마쓰리•

히나마쓰리 돌아왔지만,
난 아무것도 갖지 못했어.

옆집 인형은 예쁘기도 해,
그렇지만 그것은 남의 것.

난 작은 인형하고,
둘이서 히시모치••나 먹자.

• 3월 3일에 치르는 연중행사. 일본옷을 입힌 인형(히나인형), 복숭아꽃으로 장식하고 감주와 떡 따위를 즐기며 여자아이의 건강과 행복을 기원한다.

•• 홍·백·녹의 삼색 떡을 마름모꼴로 잘라 포갠 것으로 히나마쓰리에 차려 놓는다.

혹떼기
— 이야기 노래 1

정직한 할아버지 혹이 없어져,
왠지 쓸쓸해졌습니다.
마음씨 나쁜 할아버지 혹이 늘어나,
날마다 엉엉 울었습니다.

정직한 할아버지 위문 오자,
내 혹이 붙은 것은,
애고애고, 맙소사 정말로 딱해,
다시 한 번 함께 가봅시다.

산에서 함께 나온 두 사람,
정직한 할아버지 혹 하나,
마음씨 나쁜 할아버지 혹 하나,
둘이서 벙글벙글 웃고 있었다.

대나무 공주•
— 이야기 노래 2

대나무 속에서
태어난 공주님은,
달나라로
돌아갔다.

달나라로
돌아간 공주님은,
달에서 밤마다
땅을 보며 울었다.

고향집이
그리워서 울었다,
어리석은 사람들
가엾어서 울었다.

공주님은 밤마다
하염없이 울었다,

• 헤이안 시대의 문학 작품인 「다케토리 이야기(竹取物語)」의 여주인공 가구야 공주(かぐや姫). 가난한 집 태생의 아름다운 소녀를 비유적으로 표현할 때 사용하기도 한다.

땅의 세상은
자꾸자꾸 변했다.

할아버지 할머니
돌아가시고 말았다,
어리석은 사람들
잊어버리고 말았다.

난쟁이

—이야기 노래 3

난쟁이로 돌아가신
난쟁이 공경님,•
말 타고 행렬 지어
태어난 고향에 돌아온다.

아버지, 어머니, 벙글벙글,
난쟁이님 맞으러,
조그마한 가마를 만듭시다,
가마꾼은, 날랜 들쥐,
영차, 영차, 나가 보니,
어머나, 어머나, 대단한 행렬,
어떤 분이실까 잘 보니,

난쟁이로 돌아가신
난쟁이 공경님.

• 公卿. 옛날 조정에서 정삼품·종삼품 이상의 벼슬을 한 귀족.

바다의 궁궐
—이야기 노래 4

바다의 궁궐은 옥돌 궁궐,
달밤 같은 푸른 궁궐,
푸른 궁궐 공주님은,
오늘도 진종일, 바다에 있습니다.
언제나 언제까지나 바다에 있습니다.

언제까지 보아도,
우라시마 씨•는,
육지에 돌아온
우라시마 씨는—

바닷속 조용한 낮,
움직이는 건 빨간 바다풀뿐,
연보라 그 그림자뿐.

백 년 지나도, 공주님은
언제나 언제까지나 바다에 있습니다.

• 거북을 살려 준 덕으로 용궁에 가서 호화롭게 지내다가 돌아와 보니, 많은 세월이 지나 친척이나 아는 사람은 모두 죽고 모르는 사람뿐이었다는 동화의 주인공.

참새의 집

— 이야기 노래 5

참새 집에 봄이 와서,
지붕 위 풀도 자랐습니다.

혀를 잘린 아기 참새는,
말 못하는 아기 참새는,
옷소매 포개고 고개 숙여,
훌쩍훌쩍 울고 있어요.

아버지 참새는 가엾어서,
꽃놀이 소매 넓은 옷 샀습니다.

엄마 참새도 가엾어서,
꽃놀이 떡 만들었습니다.

그래도, 여전히 아기 참새는,
훌쩍훌쩍 울고 있어요.

해님 달님 조개•

서쪽 하늘은
꼭두서니빛,
붉은 해님은
바닷속.

동쪽 하늘
진줏빛,
둥글고 노오란
달님.

저물녘에 떨어진
해님과,
새벽녘에 가라앉은
달님,
만난 곳은 깊은
바닷속.

어느 날
어부에게 잡힌

• 가리비(가리빗과와 큰집가리빗과의 조개를 통틀어 이르는 말)에 대한 비유적 표현.

빨강과 연노랑,
해님 달님 조개.

축제 무렵

장식수레[•] 오두막 세웠습니다.
항구에도 얼음집 섰습니다.

뒤곁의 복숭아 빨개져
연꽃 밭 개구리도 기쁜 듯.

시험도 어제로 끝났습니다
산뜻한 리본도 샀습니다.

이제는 축제날 가까워 올 뿐,
이제는 축제날 가까워 올 뿐.

• 신사의 제례 때에 끄는 다양한 장식을 단 수레. 다시(山車).

참새의 어머니

어린애가
새끼 참새를
붙잡았다.

그 아이의
어머니
웃고 있었다.

참새의
어머니
그걸 보고 있었다.

지붕에서
울음소리 참으며
그걸 보고 있었다.

달님과 구름

하늘 들판
한복판에서
딱 마주친
달님과 구름.

구름은 급해서
비킬 수 없고,
달님도 급해서
멈출 수 없어.

이봐요, 미안해요
구름 위로,
거드름 피우며 달아나는
달님.

머리 밟힌
구름들도
태연한 자세로
어기여차.

울보

'울보, 송충이
쓸모없어 내다 버려.'

어디선가 누가 말하는 것 같아.

살짝 둘레를 둘러보면
파란 벚나무 잎새 그늘에
송충이 한 마리 붙어 있을 뿐.

회선탑 그림자 비치는
넓은 운동장.

먼 데 학교의 오르간 소리
고요히 울리어 온다.

새삼스레 집에는 들어갈 수 없고
벚나무 잎새 쥐어뜯고 있다.

작은 의심

나 혼자만
꾸중 들었다.
계집애 주제에라고
꾸중 들었다.

오빠만
친자식,
난, 어딘가의
부모 없는 애.

진짜 집은
어디일까.

닭

늙은 닭은
텅 빈 밭에 서 있다.

엄마와 떨어진 병아리는 웬일일까
밭에 서서 생각한다.

풀이 무성한 밭에는
파꽃 서너 송이

더러워진 하얀 닭은
텅 빈 밭에 서 있다.

박꽃

하늘의 별이
박꽃에게,
"쓸쓸하지 않니?" 하고
물었습니다.

우윳빛
박꽃은
"쓸쓸하지 않아" 하고
말했습니다.

하늘의 별은
그뿐,
새치름히 반짝반짝
반짝입니다.

쓸쓸해진
박꽃은
점점 고개를
숙였습니다.

상자집

상자집이 되었습니다.

이제, 비누 상자도 아니고,
과자 상자도 아닙니다.
그것은 나의 집입니다.

밖에는 하얀 돌문,
안에는 예쁜 꽃밭,
방은 모두 열한 칸
너무나 멋진 집입니다.

그리고 나는 거기 사는,
작고 귀여운 아가씨.

아름다운 집이 망가져서
쌓인 상자가 되었을 때,
나는, 낡고, 기울어진,
방의 기둥을 닦고 있습니다.

밤

밤, 밤,
언제 떨어지지.

한 개 갖고 싶은데,
비틀어 따고 싶은데,
떨어지기 전에
비틀어 따면,
엄마 밤나무는
화를 내겠지.

밤, 밤,
떨어져 다오.
착하지,
기다릴게.

손거스러미

핥아도, 빨아도, 아직 아파
약손가락 거스러미.

생각난다,
생각난다,
언젠가 식모언니한테 들은 말.

"손가락에 거스러미 생기는 애는
부모님 말씀 안 듣는 애다."

그저께, 토라져서 울었거든,
어제도, 심부름 안 했어.

어머니께 용서 빌면,
나으려나.

축제 지나고

축제 지난 후의
피리 소리,
징과 북과
함께하지 않으면,

왠지 쓸쓸한
피리 소리,
감색 밤하늘에
울립니다.

감색 밤하늘의
은하수,
요즈음 하얗게
되었습니다.

자운영 밭

드문드문 꽃도
피어 있는
자운영 밭이
갈립니다.

순한 눈매의
검은 소에게 끌려서
쟁기가 움직일 때에
꽃도 잎사귀도
차례차례
검고, 무거운
흙 속으로.

하늘엔 종다리
울고 있는데,
자운영 밭은
갈립니다.

세토 해협•의 비

뿌렸다가, 멈췄다가, 가랑비,
갔다가, 왔다가, 연락선.

해협에서 만난, 바닷물 동지,
"당신은 건너편에 갑니까?
난 이쪽으로, 안녕!"
물속은 빙빙, 소용돌이.

갔다가, 왔다가, 연락선,
뿌렸다가, 멈췄다가, 가랑비.

• 여기에서의 세토 해협은 센자키와 오우미지마(青海島) 사이의 좁은 바다를 가리킨다.

내해 외해

안바다 찰랑찰랑
바깥바다 출렁출렁,

안바다 모래펄
바깥바다 자갈벌,

안바다 초록빛
바깥바다 남빛,

안바다 심술쟁이
바깥바다 성질쟁이,

안바다 계집아이
바깥바다 머슴아이.

세토는 무자비한
소용돌이가 친다.

바다의 아기•

바다의 아기 찾았다,
큰 바위 위에서.
다슬기의 아기 찾았다,
바다의 아기 속에서.

바다의 아기 귀엽구나,
다슬기의 아기 귀엽구나.

• 밀려오는 파도가 바위의 움푹 파인 곳에 남아 있는 것을 '바다의 아기'라고 표현했다.

모래 왕국

보릿짚 짜는 아이의 노래

내가 짜는 보릿짚은,
어떤 모자 될까.

감청색 물들여서,
빨간 리본 달아서,
먼 도회지의 진열창,
환한 전등에 비치어,
이웃고 귀여운 단발머리,
아가씨의 머리에 씌워질 거야…….

나도 따라가고 싶구나.

금목서

금목서 향기
정원에 가득.

지나가던 바람이,
문 앞에 와서,
들어갈까, 그만둘까,
소곤거리고 있다.

속눈썹의 무지개

닦아도, 닦아도
솟아난다,
눈물 속에서
생각하는 것.

— 난 분명히,
주워 온 아이야 —

속눈썹 끝
아름다운,
무지개 보고 보며
생각하는 것.

— 오늘 간식은,
뭘까? —

램프

시골 축제에
와 봤지만,
짧은 가을
날이 저물어,

미코시• 소리
멀어질 무렵,
램프의 어두움
미덥지 않아…….

가만히 들여다보면
어디에선가,
찌르륵찌르륵 벌레가
울고 있다.

• 제례 때에 신령을 태우는 가마를 높여 부르는 말. 지붕 중앙에 봉황과 파꽃을 놓고, 받침대에는 몇 개의 멜대를 꽂아 여럿이서 멘다. 신여(神輿).

도토리

도토리 산에서
도토리 주워서,
모자에 담아서,
앞치마에 담아서,
산을 내려가면,
모자가 귀찮아,
미끄러질까 두려워,
도토릴랑 버리고
모자를 쓰죠.
산을 나가면
들에는 꽃이 한창,
꽃을 뜯으면,
앞치마가 귀찮아,
마침내 도토리
모두 버리죠.

초가을

서늘한 저녁바람 불어왔다.

시골에 있으면 지금쯤,
바다 저녁놀, 멀리 보며,
검은 소 끌고 돌아올 무렵,

물빛 하늘 울며울며,
천 마리 떼까마귀•도 돌아올 무렵.

밭의 가지는 베었을까,
벼꽃도 필 무렵인가.

쓸쓸해, 쓸쓸해, 이 읍내,
집과 먼지와 하늘뿐.

• 원문에는 '센바가라스(千羽ガラス)'로 되어 있다. 겨울철에 시베리아와 한반도로부터 건너온 수백 마리의 까마귀떼가 무리를 지어 하늘을 메우고 시끄럽게 우는 광경을 '센바가라스'라고 한다. 겨울의 전원 풍물시 등에 자주 등장한다.

귀뚜라미

귀뚜라미의
다리가 한쪽
떨어졌습니다.

쫓아간
야옹이는 야단쳐
줬지만,

희읍스름
가을 햇살은
아랑곳없어,

귀뚜라미의
다리가 한쪽
떨어졌습니다.

게으른 시계

벽시계 하는 말,
오늘은 일요일, 국화 피는 화창한 날씨,
주인님 관청도 쉬는 날이면,
도련님, 아가씨, 모두 쉬는 날.

나 혼자만 똑딱똑딱,
일만 하기 재미없어,
한번, 낮잠 자고 외출해 볼까.

게으른 시계는 들켜서,
또르륵또르륵, 태엽 비틀려,
미안, 미안 하고 울었다.

모래 왕국

난 지금
모래 나라의 임금님입니다.

산도, 골짜기도, 들판도, 강도
마음대로 바꾸어 갑니다.

옛날이야기 속 임금님이라도
자기 나라 산과 강을,
이렇게 바꿀 수는 없겠지요.

난 지금
정말로 위대한 임금님입니다.

눈 없는 말

양철말은
눈 없는 말.
양철기병 서둘러도,
양철말 눈이 없어 길이 안 보여.

양철기병에게 채찍을 맞아,
무턱대고 달려 나가서,
메밀밭 숲을 달려 나가서,
빨간 개여뀌 뛰어넘어서,
한 그루 팽나무에 부딪쳐서,

양철말은 울음을 터뜨렸다,
양철기병도 울음을 터뜨렸다.

초원

이슬의 초원
맨발로 가면,
발이 푸릇푸릇 물들 거야.
풀 향기도 옮아올 거야.

풀이 될 때까지
걸어서 가면,
내 얼굴은 아름다운,
꽃이 되어, 피어날 거야.

낮 불꽃놀이

불꽃놀이 화약을
사 온 날,

밤까지 기다리기
너무 어려워,
헛간에 숨어서
피웠습니다.

참억새, 낙엽송,
지지직지지직 하고,
불꽃은 환하게
피어났지만,

나는 쓸쓸하게
되었습니다.

산 몇 개

마을 뒤는 낮은 산,
산 건너편엔 마을 하나,
마을 저편은 높은 산,
그리고 그다음은 알 수가 없어.

산을 몇 개, 넘어야만,
언젠가 꿈속의 그리운,
황금의 성 볼 수 있을까.

반짝이는 머리칼

가라앉네, 가라앉네요,
바닷가에 나가 보면,
빨갛고 커다란
저녁 해 공이.

빛나네, 빛나네요,
금색 실이,
석양을 보고 있는
미짱의 머리칼이.

달아요, 달아요,
빠알간 공을,
가느다란 금실로
삼나무 잎사귀에 달아요.

칠석날 조릿대•

길 잃은 아기 참새가,
해변에서 찾아낸 작은 조릿대 숲.

고운 오색 종이 단자쿠••는,
숲의 축제일까, 좋아라.

바스락바스락 숨어든 덤불 속,
새근새근 잠든, 그사이,
아기 참새 둥지는 바다로 떠내려갑니다.

바다에 고요히 해 저물면,
하늘은 어제의 그 은하수.

이윽고 희읍스름 먼동이 트고,
바다의 한가운데서 잠을 깬,
귀여운 아기 참새, 슬퍼하겠지.

• 칠석이 되면 자녀가 있는 집집마다 조릿대를 세우고 거기에 은하수, 칠석날, 직녀 또는 시구, 소원 등을 적은 오색 종이와 단자쿠(短冊)를 매달아 장식하여 견우직녀의 하룻밤 만남을 축하하며 은하수가 구름에 가리지 않도록 기원하는 풍속이 있다. 이 시의 '조릿대'는 이렇게 많은 장식이 달린 조릿대이다.

•• 글씨나 시 등을 붓으로 쓰기 위한 두껍고 조붓한 종이. 칠석에는 단자쿠에 자작시나 소원 등을 써서 조릿대에 달아 놓는 풍습이 있다.

몬쓰키•

조용한 가을 저물녘이
예쁜 몬쓰키 입었어요.

하얀 가문은, 달님
남빛 바림한,•• 물색의
소매 무늬는, 감색의 산
바다는 반짝반짝, 은모래.

감색의 산에 깜빡깜빡
흩어지는 빛은 수놓은 것이죠.

어디로 시집가는 걸까
조용한 가을 저물녘이
예쁜 몬쓰키 입었어요.

• 가문(家紋 : 집안을 상징하는 무늬)을 넣은 일본 예복.
•• 색칠하거나 물을 들일 때 한쪽을 진하게 하고 다른 쪽으로 갈수록 차츰 엷고 흐리게 선염(渲染)하는 일.

분수의 거북

신사 연못의 분수는
물을 뿜지 않게 되었습니다.

물을 뿜지 않아 새끼 거북은
하늘을 올려다보며 쓸쓸한 듯합니다.

흐려진 연못의 물 위로
낙엽이 사알짝 졌습니다.

행군장기•

행군장기 기병님,
적의 포로 되었습니다.

포로 된 기병님,
손바닥 진지 빠져나가려고,
너무나 긴장하다 떨어졌네.

어이쿠, 어이쿠, 큰일이다,
살려줘요, 타죽겠어요.

혼비백산, 새끼 파리가 들여다보니,
불 없는 화로의 한가운데,
기병 딱하구나, 재 범벅이.

• 아동용 게임의 하나. 장군, 병종, 병기 등 강약이 정해진 말을 서로 잡아서 적의 본진에 들어가면 이기게 된다.

도깨비 된장•

도깨비 된장, 울보 된장,
안방 호랑이,
밖에 나갈 때마다
울고 돌아오지.

도깨비 된장, 울보 된장,
이상도 해라,
집에서는 여동생을
못살게 굴지.

도깨비 된장, 울보 된장,
누가 놀까,
도깨비하고, 된장흙하고
둘이서 놀지.

• 고추로 맵게 만든 된장(鬼味噌). 겉보기엔 강해 보이나 사실은 약한 자를 비유하는 말로 쓰인다.

아름다운 마을

문득 생각나는, 그 마을,
강변의, 빨강 지붕,

그러고서, 파아란 큰 강의,
물 위에는, 하얀 돛이,
고요히, 고요히 움직이고 있었다.

그러고서, 강 언덕 풀밭 위엔,
젊은, 화가 아저씨,
멍하니, 강물을 들여다보고 있었다.

그러고서, 나는 무얼 했더라.
'생각이 안 나' 하고 생각하니,
그것은, 누군가에게 빌린,
책 속의 삽화였습니다.

장례식 날

마법의 지팡이

장난감가게 아저씨,
낮잠이시군.
봄날 긴긴 해 도랑가.

여기 버들잎 그늘에서,
내가 지팡이 한 번 흔들면,
가게의 장난감 모두 깨어나,
고무 비둘기는, 날아오르고,
종이호랑이•는 으르렁거리죠…….

장난감가게 아저씨,
그렇게 하면,
어떤 얼굴을 할까.

• 틀에 종이를 여러 겹 바르고 마른 다음에 틀을 빼서 만든 장난감 호랑이로 고개를 움직일 수 있다.

외딴집 시계

해님, 하늘 한가운데에 섰네,
멍텅구리 시계는 늦어요,
잠깐만요, 해님한테 맞춥시다.

시골 외딴집 시계는,
온종일 하품하며 졸고 있다.

하카타 인형•

귀뚜라미가
울고 있다,
이슥한 밤거리
쓰레기통에서.

단 하나 밝은
쇼윈도,
파란 등불,
하카다 인형의
눈 밑 검은 사마귀.

귀뚜라미가
울고 있다,
거리의 깊은 밤
쓰레기통에서.

• 하카타(博多)산 인형. 설구이한 점토 인형에 정교한 채색을 해서 만든다.

바쁜 하늘

오늘 밤은 하늘이 바쁘다,
구름이 둥둥 달려서 간다.

반쯤 가린 달님과 부딪치곤,
그런 줄도 모르고 달려서 간다.

작은 구름 갈팡질팡 훼방 놓았다.
뒤에서 큰 구름, 뒤쫓아 간다.

반쯤 가린 달님도 구름 속에,
비껴서, 비껴서, 달려서 간다.

오늘 밤은 하늘이 바쁘다,
정말로, 정말로, 바쁘다.

맑은 가을날

푸른 날, 푸르른 날,
강가의 우듬지에서,
때까치 높이 울고.

마르고, 마른,
벼 벤 논의 벼,
팽나무에 걸쳐 놓은 벼.

줄을 잇네, 줄을 잇네,
건너편 도로
벼 실은 마차.

푸른 날, 푸르른 날,
울어라 울어라 때까치,
끝없는 하늘에서.

유등

어젯밤 띄워 보낸
등불은,
흘러서 흘러서
어디로 갔나.

서쪽으로, 서쪽으로
끝없이,
바다와 하늘
맞닿은 곳까지.

아아, 오늘,
서쪽 하늘
빨간 것.

우체국 동백꽃

빨간 동백꽃 피어 있던,
우체국이 그립다.

언제나 기대어서 구름을 보던,
검은 문이 그립다.

작고 하얀 앞치마에,
빨간 동백꽃 주웠더니,
우체국 아저씨 빙긋이 웃던,
언젠가 그날이 그립구나.

빨간 동백꽃 베이고,
검은 문도 부수어져,

페인트 냄새 새로운
우체국이 섰습니다.

수첩

고요한 아침 바다 모래밭에서
조그만 수첩을 주웠다
주홍색 얇은 비단표지, 금박 문자
열어서 보았지만 아직 흰 종이

누가 떨어뜨리고 갔을까
파도에게 물어도 물결만 철썩철썩
물가에는 발자국도 없어
틀림없이 오늘 아침녘 날아가던
남으로 돌아가는 제비가
여행 일기 쓰려고
샀다 그만 떨어뜨린 걸 게야.

사월•

새 책,
새 가방에.

새 잎,
새 가지에.

새 해님,
새 하늘에.

새 사월,
기쁜 사월.

• 일본에서는 4월에 입학하고 새 학년이 시작된다.

띠꽃

띠이꽃, 띠꽃,
하얀, 하아얀 띠꽃.

석양의 둑에서,
띠꽃 뽑으면,
"뽑는 건 싫어싫어"
고갤 젓지요.

띠이꽃, 띠꽃,
하얀, 하아얀 띠꽃.

저물녘 바람에,
날려요, 날려,
저물녘 하늘의,
하아얀 구름 되렴.

색종이

오늘은 쓸쓸한 흐린 하늘
너무나 쓸쓸한 흐린 하늘.

컴컴한 선창에서 놀고 있는
하얀 비둘기의 조그만 발에
빨강 초록 색종이를
기다랗게 달아 주어요.

그러고서 한꺼번에 날려 보내면
얼마나 하늘이 아름다울까요.

한밤중의 바람

한밤중의 바람은 장난꾸러기 바람
혼자서 지나가는 건 쓸쓸해.

자귀나무 잎사귀나 흔들어 볼까,
자귀나무 잎사귀는 흔들려서,
배를 탄 꿈을 꾼다.

풀 잎사귀나 흔들어 볼까,
풀 잎사귀는 흔들려서,
그네 타는 꿈을 꾼다.

한밤중의 바람은 심심해진 듯
혼자서 하늘을 지나간다.

낮 전등

아이가 없는
아이의 방,
동그마니 매달린 알전등
쓸쓸하겠다.

밖에선 맑고 산뜻한
공 튀는 소리,
창문엔 밝은
햇살.

가만히 파리가
멈추어 있는,
낮 전등은
쓸쓸하겠다.

잊어버린 노래

찔레꽃 피어 있는,
이 야산에 오늘도 와서,
잊어버린 노래를 생각합니다.
꿈보다 아득히, 그리운,
자장가를 생각합니다.

아아, 그 노래 부르면,
이 야산의 문이 열리고,
먼 그날의 어머님을,
생시에, 여기에서, 볼 수 있겠죠.

오늘도, 쓸쓸히 풀밭에 가서,
오늘도 바다 보고 생각합니다.
'배는 은, 노는 황금'
아아, 그 뒤, 그다음이,
생각나지 않는 자장가.

하늘의 색

바다는, 바다는, 왜 파랗지?
그건 하늘이 비치니까.

하늘이 흐릴 때는,
바다도 흐려 보이는 걸.

저녁노을, 저녁노을, 왜 빨갛지?
그건 저녁 해가 빨가니까.

그렇지만 낮의 해님은,
파랗지 않은데, 왜 파랗지?

하늘은, 하늘은, 왜 파랗지?

나무

꽃이 지고
열매가 여물고,

그 열매 떨어지고
잎이 지고,

그리고 싹이 나고
꽃이 핀다.

그렇게 몇 바퀴
돌고 나면은,
이 나무는 할 일이
없어질 거야.

악대

벌써부터 여기서 앵돌아져 있는데
아무도 찾아주지 않아.

왠지 모르지만, 앵돌아져 있는데
아무도 찾아내 주지 않아.

활동사진 악대
멀어지는 소리 듣고 있으니
왠지 울고 싶어지고 말았다.

바다의 섬

어제도 오늘도 이 기슭에,
처얼썩처얼썩 오는 파도야.

지금 온 파도는, 저 파도는,
어느 나라에서 왔을까.

지금 물러가는 파도는, 저 파도는,
어느 기슭까지 가는 걸까.

파도에 떠 있는 바다 새,
너는 틀림없이 알고 있을 거야.

만약에 가르쳐 준다면,
이번 축제에 초대해 줄게.

트럼프의 여왕

축제 지나고
밤놀이하다가,
홀연 없어진
여왕님.

언젠가 잊혀
날이 지나고,
가을 화창한 날
청소 때에,
마루 밑에서
나오긴 나왔지만,

흙투성이 되어서
쭈그러져서,
머리마저 하얀
할머님.

어부 아저씨

어부 아저씨, 그 배에,
저를 태워 주세요.

저, 저기요, 저쪽에 보이는,
아름다운 구름 뭉게뭉게,
바다에서 솟고 있는 그곳까지,
저하고 가 주세요.

한 개밖에 없지만,
내 인형 드리겠어요,
그리고, 금붕어도 드리겠어요.

어부 아저씨, 그 배에,
저를 태워 주세요.

장례식 날

꽃과 깃발로 꾸민
남의 집 장례식 볼 땐
우리 집에도 있으면 좋을 텐데
그동안 생각했었다.
그렇지만, 오늘은 재미가 없어
사람은 많이 있지만
아무도 상대해 주지 않고
서울서 온 이모님은
남몰래 눈물 글썽거리고
아무도 꾸중하진 않지만
왠지 난 겁이 나.
가게에서 웅크리고 있으니
집에서 구름이 솟아나듯
긴 행렬 이어져 갔다.
그다음엔, 더욱더 쓸쓸하구나.
정말로 오늘은, 심심해.

풍어

풍어

아침놀 붉은 놀
풍어다
참정어리
풍어다.

항구는 축제로
들떠 있지만
바닷속에서는
몇만 마리
정어리의 장례식
열리고 있겠지.

설날과 달

달아,
왜 야위니.

모퉁이 소나무의
솔잎처럼
왜 가늘어지니,

설날이 올 무렵.

가을 소식

산에서 마을로의 소식은,
“감 열매, 밤 열매, 여무옵니다,
직박구리, 개똥지빠귀, 우옵니다,
산은 축제이옵니다.”

마을에서 산으로의 소식은,
“제비가 모두, 떠나옵니다,
버드나무 잎사귀 지옵니다,
춥고, 쓸쓸해지옵니다.”

숨바꼭질

숨었더니 금방
들키고,

술래가 되었더니
성을 빼앗겨,

언제 언제까지나
성을 빼앗겨,

언제까지
술래의
숨바꼭질.

날 저물면 집이
그립다.

고개

저녁 바람
서걱서걱
수수밭,

하얀
달님
고갤 넘는다.

고개
터벅터벅
지친 말,

오르막
올라가도
수수만 가득.

낮달

비눗방울 같구나
달님,
바람 불면, 꺼질 것 같아
달님.

지금쯤
어느 나라에선,
사막을 건너는
나그네가,
캄캄해, 캄캄해 하면서
언제나 나올까.

하얀 한낮의
달님,
왜
가주지 않나.

나의 고향

어머님 고향은
산 넘어서,
복숭아꽃 피는
복숭아 마을.

식모언니 고향은
바다 건너서,
갈매기 떼를 짓는
외딴섬.

내 고향은
모르겠어,
어딘가에 있을 듯한
느낌이 들어.

가루타•

고타쓰•• 위에,
밀감 쌓아 놓고,
할머님, 안경,
반짝, 반짝, 반짝여요.

다다미••• 위엔,
가루타 뿌려져,
쪼그만 머리,
하나, 둘, 셋이요.

유리문 밖은,
고요한 캄캄한 밤,
가끔씩 싸락눈,
싸락, 싸락, 싸라락.

• 포르투갈어 carta에서 온 말. 딱지, 트럼프, 화투.
•• 일본의 실내 난방 장치의 하나로 나무 틀에 화로를 넣고 그 위에 이불이나 포대기 등을 씌운 것. 이 속에 손과 다리를 넣고 몸을 녹인다.
••• 짚과 돗자리로 만든 두꺼운 깔개.

읍내의 말

산골 말은
주막집 모퉁이에,
읍내 말은
생선 가게 앞에.

산골 말은
부랴부랴 돌아간다,
실은 짐 부려놓고
산으로 돌아간다.

읍내 말은
불쌍한 말,
생선 싣고
머언 먼 마을로
꾸중들으며, 꾸중들으며,
끌고 가는 말이지요.

달님의 배

하늘 가득 비늘구름
하늘의 바다는 큰 파도다.

사도•에서 돌아오는 센마쓰의
은빛 배 보일락 말락.

황금 노마저 떠내려 보내고
언제나, 고향에 닿을까.

보일락, 숨을락, 거친 바다의
끝에서 끝으로, 배는 간다.

• 佐渡. 니가타현(新潟縣) 관할의 섬 이름.

이야기

넓고 아름다운 초원
은빛으로 반짝이는 건 호수입니다.
호수의 언덕 궁전에는
작고 작은 여왕님.
(그건 마법의 호수에서
작아진 나입니다.)
뒤에 늘어선 시녀
(그건 역시 호수에서
작아진 친구들.)
앞의 하인 수염 기른 남자
(그건 나의 선생님.)
황금 시계가 지금 울어서
작은 여왕님은 꽃잎에서
꽃의 꿀을 드신다.
이런 이야기이지만
어른은 웃어버립니다.
왠지 나는 쓸쓸해.

넘어진 곳

언젠가 심부름 갔다 돌아오는 길
요기서 넘어져서 울었습니다.

그날, 보고 있던 아주머니가
지금도 가게에 있는 모양.

모모타로[•] 씨, 모모타로 씨,
잠깐만 빌려 주시게,
입으면 안 보이는 요술도롱이.

• 일본 옛날이야기 속에 나오는 주인공으로 복숭아 속에서 태어났다고 한다(개, 원숭이, 꿩을 거느리고 도깨비 섬으로 도깨비 사냥을 갔다고 한다).

꿈팔이

새해 첫날에
꿈팔이는,
좋은 첫 꿈을
팔러 온다.

보물선에
산처럼,
좋은 첫 꿈을
싣고 온다.

그리고 다정한
꿈팔이는,
꿈을 살 수 없는
뒷골목의,
쓸쓸한 아이들
있는 곳에도,
말없이 꿈을
두고 간다.

뜬 섬

나는 섬이 갖고 싶어요.

파도치는 대로 흔들흔들 흔들리는
그것은 작은 뜬 섬이죠.

섬은 언제나 꽃이 한창
조그만 집도 꽃 지붕.
초록 바다에 그림자 드리우고
흔들흔들 흔들려 흘러서 가죠.

바다 경치도 보기 질리면
바다로 첨벙 뛰어들어
나의 섬 빠져나가
숨바꼭질하며 놀 수 있죠.
그런 작은 섬이 갖고 싶어요.

큰 글씨

절의 은행나무
큰 붓으로
누군가, 큰 글씨
쓰지 않을까?

동쪽 하늘
가득히,
'어린이 나라'라고
쓰지 않을까?

곧 떠오를
달님,
깜짝, 놀라게
하지 않을까?

구슬치기•

하늘 가득한 별님,
곱디고운, 구슬이죠.

도르르, 구슬 뿌렸어요,
어느 것부터, 딸까요.

저 별
튕겨서
이렇게 맞히고,
저기부터
저 별
요렇게 따고.

따도따도, 끝이 없는,
하늘의 구슬, 별님.

• 유리구슬, 조가비, 잔돌 등을 흩어 놓고 손가락 끝으로 튕겨서 맞추어 따먹기를 하는 여자아이들의 놀이.

나뭇잎 보트

나뭇잎 보트에 타고 가는,
까만 작은 개미는 탐험가.

파아란 보트로 아득히 먼,
바다, 당신을 향해 떠나갑니다.

바다, 당신의 외딴섬,
설탕의 산, 꿀의 강,

그리고 무서운 새도 없고
개미의 지옥도 없는 곳을.

파아란 보트로 오직 혼자서,
지금부터 찾으러 떠나갑니다.

솔방울

갯바위 작은 소나무의
솔방울은,
바다, 당신
그리움에,
떨어져 작은 배에
탔습니다.

타기는 탔지만
그 배는,
난바다에서 하룻밤
물고기 잡아,
원래의 바닷가에
닿았습니다.

천인•

홀로 저물녘 야산에서,
저녁놀 구름 보고 있으면,
언젠가 참배한 절간 속,
어두운 교창•• 색구름 속에서,
피리 불던 천인의,
다정한 눈썹 생각이 난다.

틀림없이, 우리 어머니도
저렇게 아름다운 구름 위에,
엷은 옷 입고 춤추면서,
지금, 피리 불고 있을 거야.

저녁놀 구름 보고 있으면,
왠지 피리 소리 들려,
은은히 머언 소리가 들려.

• 불교 용어로 천상계에 산다는 사람. 주옥을 몸에 두르고 음악을 연주하며 하늘을 날아다닌다고 한다.

•• 주로 대청과 방 사이 또는 대청 앞쪽에 다는 네 쪽 분합문 위에 가로로 길게 짜서 끼우는 채광창 또는 횡창(橫窓).

싸움 뒤

외톨이가 되었다
외톨이가 되었다.
멍석 위는 쓸쓸해.

난 몰라
그 애가 먼저야.
그렇지만 그렇지만, 쓸쓸해.

인형도
외톨이가 되었다.
인형을 끌어안아도, 쓸쓸해.

살구꽃이
폴폴 포르르.
멍석 위는 쓸쓸해.

어린이의 시계

이런 시계는 없을까

삼십 리 밖에서 글씨를 읽을 수 있는
성같이 큰 시계

시계 속 방에선
여럿이서 바늘을 돌리고

큰 추에 올라타고
멀고 먼 곳을 바라보기도 하고

그리고 모두가 노래할 때
아침엔 해님이 눈을 뜨고

저녁엔 별님이 나온다면
얼마나 나는 즐거울까

이야기 속 나라

이야기 속 나라
임금님은,
일행과 떨어져서
날이 저물어,
이야기 속 나라
숲속에.

고타쓰에 다가가
물어보아도,
왠지 차가운
눈 오는 밤.

일행 없는
임금님은,
얼마나 추울까,
쓸쓸할까.

진달래

작은 산 위
홀로 앉아
빨간 진달래
꿀을 빤다

끝없이 푸른
봄 하늘
난 작은
개미일까?

달콤한 진달래
꿀을 빠는
난 새까만
개미일까?

엄마 없는 오리

달님은
꽁꽁,
가랑잎엔
싸락눈,

싸락눈
내린 뒤
구름 속
달님이여.

달님은
꽁꽁,
연못도
얼었네,

엄마 없는
새끼 오리,
어떻게
자나요.

유리

생각나는 건 눈 오는 날
떨어져서 부서진 창유리

다음에, 다음에 하고 생각하다가
줍지 않은 창유리

절름발이 개를 볼 때마다
혹시나 그날 창 밑을
지나가지나 않았을까 생각하고는

잊을 수 없어, 눈 오는 날
눈 속에 반짝이던 창유리

돌멩이

어제는 어린애를
넘어뜨리고
오늘은 말의
발을 걸었다.
내일은 누가
지나갈까나.

시골 길바닥
돌멩이는
빨간 저녁 해에
천연덕스럽다.

솔개

솔개 비잉비잉
동그라미 그렸다.
저 동그라미 한가운데
찾았을까.

바다라면 정어리 십만 마리,
육지라면 생쥐 한 마리.

솔개 비잉비잉
동그라미 그렸다.
그 동그라미 한가운데
올려다보면,

사뿐, 한낮의
달님.

월출

조용
조용
저런, 나오네요.

산의
둘레가
화악 밝아졌어요.

하늘의
바닥과
바다의 바닥에,

뭔가
빛이
녹아 있어요.

뽕나무 열매

파란 뽕나무 잎새
먹으면서,

누에는 하얗게
되었습니다.

빨간 뽕나무 열매
따먹으면서,

나는 까맣게
햇볕에 그을렸습니다.

임금님의 말

임금님의 말은 나무 말,
친구의 말은 흙 말.

그렇지만 장난감 나라에서는,
임금님의 말은 황금 말,
친구의 말은 은 말.

비오는 날 낡은 다다미,
그것도 장난감 나라에서는,
파란 풀의, 푸른 하늘,
그 속을 방울이 짤랑짤랑,
황금 방울이 짤랑짤랑.

우유의 강

울지 마, 강아지야
날이 저문다.

저물면
엄마가 없어도,

감청색 밤하늘에
아련하게
우유의 강이
보일걸.

환등

그것은 언젠가의
꿈이었을 거야.

밤 이슥하여 비치는
환등의,
엷고, 신비한,
그리운,
연청색
그림 속에,
문득 보였다가,
문득 사라진,
누군가와 꼭 닮은,
다정한 눈동자.
그것은, 어느 밤의
꿈이었을 거야.

해자• 옆에서

해자 옆에서 만났지만
모르는 척 물만 보고 있었다.

어제, 싸움은 했지만
오늘은 왠지 그리워.

히죽, 웃어 보았지만
모르는 척 물만 보고 있었다.

웃던 얼굴 그만두지 못하고
느닷없이, 눈물도 참을 수 없어,

난 그저 달려 나갔다
돌멩이가 줄무늬로 보일 만큼.

• 성 주위에 둘러 판 못.

빨간 배

외솔 한 그루•
혼자 서서
바다를 보고 있다,
나도 혼자서
바다를 보고 있다.

바다는 군청색,
구름은 흰색,
빨간 배는
아직 보이지 않아.

빨간 배
아버지는,
언젠가 꿈속의
아버지는,

외솔 한 그루
외솔 한 그루
언제일까.

• 一本松. 단 한 그루만 서 있어 목표가 되는 소나무.

장례식 놀이

장례식 놀이,
장례식 놀이.

겐아, 넌 깃발 드는 사람,
마야, 넌 스님이고,
난 예쁜 꽃을 들고,
이봐, 딸랑딸랑, 나무아미타불, 나무아미…….

그리곤 모두 꾸지람 들었다,
호되게, 호되게, 꾸지람 들었다.

장례식 놀이,
장례식 놀이,
그래서 끝나 버렸다.

어른의 장난감

미코시

빨간 제등 아직 켜지지 않은,
가을 마쓰리[•] 해 저물녘.

놀이에 지쳐서 집에 돌아가니,
아버지는 손님 맞으시고,
어머니는 바쁘시고.

문득 쓸쓸해지는 해 저물녘,
뒷골목을 폭풍처럼,
미코시 지나가는 소리 들었습니다.

• 신이나, 부처, 또는 조상을 제사지냄. 또는 그 의식.

전보 배달원

빨간 자전거, 가는 길은,
오른쪽도 왼쪽도 보리밭.

빨간 자전거, 탄 이는,
전보 배달원 검은 복장.

조용한 마을 어느 집에,
어떤 소식 가는 걸까,

보리밭 사잇길을
빨간 자전거 바삐 갑니다.

눈동자

모두의 눈동자
마법의 호리병이죠.

탱자나무 울타리도
길도,
마차도, 말도
마부도,
메밀밭도
오동나무도,
먼 숲의
저 산도,
그뿐인가요, 하늘의
구름까지도,
작아져서
모두 들어와.
검은 눈동자는
마법의 호리병이죠.

꽃잎의 물결

집의 처마에도 꽃이 진다.
언덕 위에서도 꽃이 진다.
온 나라•에 꽃이 진다.

온 나라에 지는 꽃을
모아서 바다에 띄웁시다.

그리고 고요한 저물녘,
빨간 배로 어기야 여차
가지가지 색깔의 꽃잎
꽃물결에 흔들려서
머언 난바다까지 갑시다.

• 원문에서는 일본.

쥐불과 고사리

산에 산에 아기 고사리,
깜박깜박 꿈을 꿨다.

빨간 날개 큰 새 되어,
하늘을 나는 꿈을 꿨다.

산에 산에 아기 고사리,
꿈에서 깨어나 기지개 켰다.

귀여운 주먹 힘껏 내밀어,
봄의 아침나절, 기지개 켰다.

전학생

외지에서 온 애는
귀여운 애,
어떻게 하면, 동무가
될 수 있을까.

점심시간에
봤더니,
그 애는 벚나무에
기대어 있었다.

외지에서 온 애는
외지의 말,
어떤 말로
이야길 할까.

돌아가는 길
문득 봤더니,
그 애는 동무가
되어 있었다.

신기한 항구

낡은 항구의 큰 시계,
여섯 시 위에 멈추어 있었다.
두 개의 바늘은 쉬지 않고,
왠지 왼쪽으로 돌고 있었다.

썩어서 부서진 선창에,
새빨간 꽃이 그저 한 송이,
한낮의 햇빛에 한들거리고 있었다.

검은, 고요한 물결 위,
산처럼, 묵묵히,
옛날의 배가 멈추어 있었다.

그런 항구가 있는 곳은,
어떤 나라일까, 언제쯤일까.
누구에게 물어도 알 수가 없지,
그것은 나의 꿈인걸.

가랑눈

퐁퐁
퐁 가랑눈
너무 하얘,

퐁퐁 소나무에
쌓여서,
초록으로 물들렴.

내 누에

작은 상자집에 있는,
이건 나의 누에입니다.

귀엽긴 해도, 인형은,
말도 할 수 없고, 움직이지 못하죠.

누에는, 귀여운 소리 내며,
파란 뽕잎 먹고 있죠.

이윽고 일곱 개 고치 되어,
일곱 가닥 실 얻게 되면은,

난쟁이 공주님 입는 것 같은,
무지개색 꼬까옷도 짤 수 있죠.

사이좋게 뽕잎 먹고 있는,
이건 나의 누에입니다.

저물녘

오빠는
휘파람을
불었다.

나는
옷소매를
깨물고 있다.

오빠는
휘파람을
그만두었다.

밖에
가만히
밤이 왔다.

집 없는 물고기

작은 새는 가지에 집을 짓지,
토끼는 산의 굴속에 살지.

소는 소 외양간, 볏짚 요 깔고,
달팽이는 언제나 집을 지고 있다.

모두 집이 있는 것들이지요,
밤에는 집에서 자는 것들이지요.

하지만, 물고기는 뭐가 있나,
굴을 팔 손도 없고,
튼튼한 등껍질을 갖지도 못하고,
사람도 집을 만들어 주지 않지.

집 없는 물고기는,
바다가 울고 있는 밤도, 꽁꽁 언 밤도,
밤새도록 헤엄치며 있겠지.

옷감 짜기

아침부터 딸그락
옷감 짜는,
산골 처녀
생각하는 것.

짜는 이 옷감이
모르는 새에,
서울 사람
입는 것 같은,
비단 무늬로,
바뀌지 않을까.

그렇지만 딸그락
짤 때마다,
줄무늬 무명이
길어진다.

상자 정원

내가 만든 상자 정원을
아무도 봐 주지 않아.

하늘은 푸른데, 어머니는
언제나 가게에서 일만 하시고.

축제는 끝났지만 어머니는
언제까지 저렇게 바쁘셔.

매미 소리 들으면서
나는 정원을 부수지요.

바닷가의 돌

바닷가의 돌은 구슬 같아,
모두 동그랗고 매끌매끌해.

바닷가의 돌은 날치인가,
던지면 휙 파도를 가른다.

바닷가의 돌은 노랠 부르지,
파도와 온종일 노래하고 있지.

한 개 한 개 해변의 돌,
모두 귀여운 돌이지만,

해변의 돌은 훌륭한 돌,
다함께 바다를 껴안고 있다.

햇살

하느님의 천사가
나란히 하늘을 떠났습니다.
길에서 만난 남풍,
“뭐 하러, 어디에” 하고 물었습니다.

한 천사가 대답했습니다.
“이 ‘밝음’을 땅에 뿌리지,
모두가 일할 수 있게.”

한 천사가 아주아주 즐거운 듯.
“나는 꽃을 피우지,
세상을 즐겁게 하려고.”

한 천사는 다정하고, 얌전하게,
“나는 깨끗한 영혼,
올라가는 홍예다리 놓지요.”

남은 한 천사는 쓸쓸한 듯.
“나는 ‘그늘’을 만들기 위해,
함께 가시요.”

어른의 장난감

어른들은 큰 괭이 갖고,
밭으로 땅 파러 간다.

어른들은 큰 배 저어,
바다로 고기잡이 간다.

그래서 어른 대장은,
진짜 군대를 갖고 있지.

나의 작은 군대는,
말도 못하고, 움직이지도 못해.

나의 배는 금방 엎어져,
내 삽은 벌써 부러졌다.

생각하면 쓸쓸하고, 소용없어,
어른의 장난감이 갖고 싶구나.

매미의 옷

어머니,
뒤곁 나무 그늘에,
매미의 옷이
있었어요.

매미도 더워서
벗었나 봐요,
벗어놓고 모르고
갔나 봐요.

밤이 되면
추울 텐데,
어디로 닿게
보내야 할까요.

꽃집 할아버지

꽃집 할아버지
꽃 팔러,
꽃은 마을에서 다 팔렸다.

꽃집 할아버지
쓸쓸하겠다,
기른 꽃들이 다 팔렸다.

꽃집 할아버지
날이 저물면,
덩그러니 혼자서 오두막 안에.

꽃집 할아버지
꿈에 본다,
팔려 간 꽃들 행복한 얼굴.

개구쟁이의 노래

징징 짜며
도망친
겁쟁이
털벌레.

난
몰라,
이를 테면 일러라,
집에 가서.

그 애
엄만
대신해서
화를 낸다.

우리
엄만
의붓어머니.

야산

야산의 풀 속에서 듣고 있으면
가지가지 즐거운 소리가 난다.

"오늘로 이레째나 비가 안 와
목말라, 물 마시고 싶어."
하는 건 산의 검은 흙.

"하늘에 예쁜 구름 있네
손을 펴서 잡아 볼까?"
하는 건 작은 아기 고사리.

"해님이 부르니까 내다볼까?"
"나도 나도, 따라갈 거야."
수유나무 싹, 잔디의 싹, 띠의 잎
가지가지 신나게 떠드는 소리가 난다.

봄의 야산은 떠들썩하다.

물고기의 봄

어린 큰실말• 싹이 터서,
물도 초록색이 되었다.

하늘나라도 봄일 거야,
들여다보러 갔더니 눈이 부셔요.

날치 아저씨, 그 하늘을,
번쩍하고 빛나며 날았어요.

어린 싹이 튼 큰실말 그늘에,
우리들도 술래잡기 시작해요.

• 갈조류의 해초로 홋카이도(北海道) 이남의 연안에 분포한다. 봄에서 여름에 걸쳐 생장하며, 모양은 가늘고 점질로 되어 있어 부드러워 식용으로 쓰인다.

긴 꿈

오늘도, 어제도, 모두 꿈,
작년, 재작년도, 모두 꿈.

문득 잠에서 깨어난다면,
귀여운, 두 살배기 아기로,
엄마 젖을 찾고 있다면.

만약에 그렇다면, 그렇다고 한다면,
그야말로, 얼마나 기쁠까.

긴 이 꿈, 기억해서,
이번에야말로, 좋은 아이 되고 싶구나.

마술사의 손바닥

복숭아에서 태어나는 모모타로 씨,
참외에서 태어나는 참외공주님.

알에서 태어나는 꼬꼬닭님,
씨에서 태어나는 나무의 싹.

산에서 태어나는 해님,
바다에서 태어나는 구름 봉우리.

하얀 비둘기는 마술사의,
손바닥 안에서 태어났다.

나도 어딘가 마술사의,
손바닥 안에서 태어났을까.

축제의 북

푸른 잎에 새잎,
새잎 그늘을,
빨간 게다 신고,
딸그락, 딸그락, 딸그락 하지요.

연두색 하늘,
하늘 속에서,
자, 울려라, 북,
두둥, 두둥, 두둥둥 하지요.

하얀 가도,
경마 말은,
나들이 꼬까옷 입고,
딸그닥, 딸그닥, 딸그닥 하지요.

축제 다음날

어제, 미코시의 흥성거림에
그만 들떠서 남았는데

어젯밤엔 멀리 무대의 장단 소리에
연극 꿈을 꾸고 있었는데

깨어서 어머닐 불렀을 때
모두들 다함께 웃어서

살그머니 나가서 바라본 뒷산의
남겨두고 가버린 달님

이웃 마을 축제

울타리 안에서 보고 있으면,
가지가지 색깔 지나간다.

모두 동쪽을 향해서 간다,
그림자도 졸랑졸랑 따라서 간다,
하얀 먼지 흩날리며 간다.

서쪽으로 간 것은, 텅 빈,
낡은 짐마차 한 대뿐.

꼼짝 않고 있는 것은, 산울타리,
하얀 목련과, 나뿐.

축제 같은 거, 재미없어,
난 가고 싶지 않지만,
오늘은, 너무나 좋은 날씨.

눈을 감으면 발소리가,
모두 동쪽으로 지나간다.

봄날 아침

참새가 우는구나,
좋은 날씨구나,
꾸벅꾸벅
졸립구나!

윗눈꺼풀은 뜰락 말락,
아랫눈꺼풀은 그냥 그대로,
꾸벅꾸벅
졸립구나!

비 갠 뒤

가장 먼저 찾아낸 건,
작은 별꽃나무 꽃이었어요.
"이봐 이봐, 저어기 해님이."

구름 그늘에서 해님,
살짝, 눈만 내밀고 있어요.

이 나무, 저 나무도, 가지 흔들며,
이 잎, 저 잎도, 반가워하네.

"아아아, 해님, 오래간만이에요.
아주아주 모두들 기다렸어요."

구름 그늘에서 해님,
장난처럼, 웃고 있어요.

구름의 색깔

저녁노을
사라졌다.
구름의 색깔,

싸움질
하고 와서
혼자 서서,

바라보고 있으면,
느닷없이
울음이 난다.

잠자는 배

섬에서 온 배, 지쳤나 봐,
만의 파도는 잔잔하고,
자장자장, 잘 자라.

물고기 가득 싣고, 머나먼 길 마다 않고,
넓고 거친 바다 넘어서 온,
작은 배야, 잘 자라.

섬사람들 돌아올 땐,
무거운 쌀 사 오지,
새파란 푸성귀 사 오지.

섬에서 온 배, 그때까지는,
잔잔한 파도에 흔들리면서,
편히 편히, 잘 자라.

옆집 아이

누에콩 까며
듣고 있으니,
옆집 아이가
야단맞는다.

몰래 들여다볼까,
나쁜 일일까,
누에콩 손에 쥐고
나가 봤지만,
누에콩 손에 쥐고
되돌아온다.

무슨 장난
했을까,
옆집 아이는
야단맞는다.

모난 돌

석수장이에게 떨어져 나간
모난 돌은,
날아가서 큰길거리
물웅덩이에.

학교에서 돌아오는 길
왼쪽 발,
벗은 아이야,
조심하렴.

모난 돌, 떨어져 나갔다고
화나 있단다.

물고기 시집가는 날

물고기 공주님 시집가는 날,
건너편 섬으로 시집가는 날.

섬까지 이어진 행렬,
번쩍번쩍, 번쩍번쩍, 은장식.

섬 위엔 달님,
제등 들고 마중 나가요.

정말로 멋진 행렬,
바다 위로 줄지어 가네.

할멈의 이야기

할멈은 그 뒤론 얘기하지 않는다,
그 얘긴, 좋은데.

"벌써 들었는데요"라고 했을 때,
몹시 쓸쓸한 얼굴이었다.

할멈의 눈동자엔, 야산의,
찔레꽃 비치고 있었다.

그 얘기 그리워,
만약에 얘기해 준다면,
다섯 번이고, 열 번이고, 얌전하게,
잠자코 듣고 있을 텐데.

반딧불 계절

반딧불 계절이
되었습니다.

새 밀짚으로,
조그만 반디 초롱
짤까요,
짜며 짜며 오솔길
걸어갈까요.

포오란 달개비,
이슬길,
맨발로 밟으며 밟으며
걸어갈까요.

말 흉내
—아빠 없는 애의 노래

"아빠,
가르쳐 줘용."
그 애는 어리광 부리며
말하고 있었다.

헤어져서 돌아오는
뒷골목에서,
"아빠."
가만히 흉내 내
봤더니,
왠지 누군가에게
부끄러워.

산울타리
하얀 목련이
웃는 것 같아.

꽃 이름

책 속엔, 수많은,
꽃 이름 있지만,
난 그 꽃 모르거든.

읍내에서 보는 건, 사람, 마차,
바다엔 배와 파도뿐.
언제나 항구는 쓸쓸해.

꽃집 바구니서, 가끔가끔,
예쁜 꽃 보긴 하지만,
난 그 이름 모르거든.

엄마께 물어도, 엄마도,
읍내에 있으니까, 몰라.
언제나 난 쓸쓸해.

재우면 잠드는, 인형도,
책도, 공도, 모두 버리고,
지금, 지금, 난, 가고 싶어.

넓은 시골 들을 달려서,

수많은 꽃 이름 알아서,
모두 친구가 될 수 있다면.

시골 그림

난 시골 그림을 봅니다,
쓸쓸할 때는 그림 속
하얀 오솔길을 걸어갑니다.

건너편에 보이는 건 물방앗간
보이지 않아도 그 속엔
친절한 방앗간지기 할아버지.
오두막 나무 그늘엔 수유나무
빨간 수유열매 익었을 겁니다.

이쪽에 보이는 산그늘엔
작은 마을이 있습니다.

시골 그림 오솔길엔
아무도 없이 고요합니다.

곁에는, 바쁜 사람, 마차
그래도 그림 속은 고요합니다
언제나, 고요한 화창한 날입니다.

어제의 장식수레

과자 사기

어머니께 말하지 않은
과자 사기,
과자가게 모퉁이를
몇 번이나,
갔다가, 되돌아왔다가,
또 갔다가.

서울말 하는
아주머님께,
한 개 받은
하얀 동전,
움켜쥐고, 움켜쥐고,
땀이 난다.

생선 파는 아주머니께

생선 파는 아주머니,
저쪽으로 고개 좀 돌려보세요,
지금, 제가,
꽃을 꽂아요,
벚나무꽃을요.

그런데 아주머니, 아주머니 머리엔,
꽃비녀도
별 달린 핀도,
아무것도 없네요, 쓸쓸하잖아요.

보세요, 아주머니,
아주머니 머리엔,
저 연극 속 공주님,
비녀보다도 예쁜 꽃이,
산벚꽃이 피었어요.

생선 파는 아주머니,
이쪽으로 고개 좀 돌려보세요,
지금, 제가,

꽃을 꽂았어요,
벚나무꽃을요.

연꽃

피었다
오므라졌다,
절 연못에서
연꽃이.

피었다
오므라졌다,
절 마당에서
손잡은 아이.

피었다
오므라졌다,
절 밖에서
집이, 마을이.

제비 엄마

휙— 나갔다간
비잉— 돌아서
얼른 돌아와.

휙— 하고
조금 갔다간
다시 돌아와.

조심조심,
뒷골목에 갔다가
다시 돌아와.

나가 보아도,
나가 보아도,
맘이 안 놓여.

혼자 있는
어린 아기
맘이 안 놓여.

나무열매와 아이

떨어진 나무열매 주워간다,
염색집 의붓자식이 주워간다.

염색집 의붓자식 꾸중 듣는다,
저물어서 돌아와 꾸중 듣는다.

주워온 나무열매 버려진다,
염색집 뒤꼍에 버려진다.

버려진 나무열매 싹이 난다,
염색집 의붓자식 모르는 사이.

마술사

난 어제, 정했거든요,
언젠가 어른 되면,
솜씨 좋은 마술사가 되기로.

어제 보고 온 마술사는,
순식간에 장미꽃을 피우고,
장미를 비둘기로 바꾸었다.

시골

난 보고 싶어 참을 수 없어,

작은 귤이 귤나무에서
금빛으로 익고 있는 모습을.

또 무화과가 아직 조그맣게
나무에 달라붙어 있는 모습을.

그러고는 보리이삭에 바람 불고
종달새 노래하는 모습을.

난 가고 싶어 참을 수 없어,
종달새 노래하는 건 봄이지만,
귤나무엔 언제쯤
어떤 꽃 필까.

그림에서만 보는
시골엔,
그림에 없는 것이
많이많이
있을 거야.

행복

분홍색 꼬까옷 행복이,
혼자서 훌쩍훌쩍 울고 있었다.

깊은 밤 덧문을 두들겨도,
아무도 몰라주는, 쓸쓸함에,
들여다보면, 어두운 등잔 그늘에,
수척한 어머니, 병든 아이.

처량하게 다음 골목에 서서,
다시 그다음 문 두들기며,
온 마을 돌아다녀 보았지만,
아무도 받아주지 않는다고,

이슥한 달밤 뒷골목에서,
혼자서 훌쩍훌쩍 울고 있었다.

나와 공주

먼 나라의 공주님,
나랑 꼭 닮은 공주님,
새빨간 장미를 꺾으려다,
가시에 찔려 죽었습니다.

부왕님의 탄식에,
충성스런 부하는,
백마 타고 뚜벅뚜벅,
어느 날, 성을 떠났습니다.

나라는 건, 알지도 못하고,
귀여운 공주님 닮은 애를,
묻고 찾아서, 언제까지나,
백마 타고 뚜벅뚜벅.
산 너머 저쪽, 푸른 하늘을,
오늘도 말은, 뚜벅뚜벅.

곡마단 가설극장

악대 소리에 마음이 싱숭생숭,
가설극장 앞까지 오긴 왔지만,

등불이 깜박깜박, 저녁밥 시간,
엄만 집에서 기다리고 있겠지.

천막 틈으로 흘끗 본,
동생 닮은 곡마단 아이,
왠지 사랑스러워, 귀여워.

마을 아이들 부랴부랴,
엄마 따라, 들어간다.

울타리에 기대어서 곰곰이,
엄마 생각하지만, 돌아갈 수 없어.

저택의 벚꽃

저택 정원의 겹벚꽃,
꽃이 피지 않게 되었습니다.
저택의 젊은 영주님,
거리에 공고를 냈지요.

푸른 잎뿐인 나무 밑에서,
검객이 말했습니다.
"피지 않으면 베어 버려야죠"라고.

거리의 춤추는 소녀가 말했습니다.
"나의 춤 보여 준다면,
웃으면서 금방 필걸요."

마술사가 말했습니다.
"모란, 작약, 양귀비꽃,
모두 이 가지에 피게 합시다."

그러자 벚꽃이 말했습니다.
"나의 봄은 갔습니다.
모두 잊어버릴 그 무렵에,
나의 봄은 다시 올 겁니다.

그때야말로, 피웁시다,
나의 꽃으로 피웁시다."

할머니와 조루리•

바느질하면서 할머니는,
언제나 옛날이야기 들려 주셨습니다.
오쓰루,•• 센마쓰,••• 주조 공주,•••• ……
모두 슬픈 이야기뿐.

이야기하면서 할머니는,
가끔가끔 조루리를 들려주셨습니다.
생각만 해도 가슴이 아픈,
그것은 슬픈 곡조였습니다.

주조 공주를 생각한 탓일까,
그것들은 모두모두,
눈 오는 밤처럼 생각됩니다.

• 줄거리가 있는 이야기에 가락을 붙여서 이야기하던 옛이야기의 형식으로 16세기에 산가와(三河) 지방에서 맹인 스님들의 이야기로서 발생했다.

•• 에도 시대 역참의 창부 오쓰루를 주인공으로 한 이야기로, 서민 생활을 익살로 엮은 통속소설인 골계본 등에 전해진다.

••• 조루리 「메이보쿠센다이하기(伽羅先代萩)」 중에 나오는 인물.

•••• 계모에게 미움을 받아서 다이와(大和) 히바리산(雲雀山)에 버려져 다이마사(當麻寺)에 들어간 후 연실로 만다라를 짜서 성불했다고 하는 전설상의 인물. 노(能), 조루리(浄瑠璃), 가부키(歌舞伎) 등으로 각색되었다.

그것도 아주 먼 옛날,
노랫말은 잊어버렸습니다.

그저, 애달픈, 울림뿐,
아아, 지금도, 물처럼,
슬프고 고요히 젖어듭니다.

소르르, 소르르,
눈 내리는 소리조차…….

돛

항구에 닿은 배의 돛은,
모두 낡아서 시커먼데,
아득한 난바다를 가는 배는,
반짝반짝 빛나는 하얀 돛뿐.

아득한 난바다의, 저 배는,
언제까지나, 항구에 닿지 않고,
바다와 하늘 맞닿은 곳으로만,
아득히 멀어져 가지요.

반짝이면서, 가지요.

모기장

모기장 속 우리들
그물에 걸린 물고기죠.

푸른 달밤의 푸른 바다
파도에 흔들흔들 푸른 그물.

세상모르고 잠자는 사이
심심한 별님이 데리러 오죠.
밤중 한밤중에 눈을 뜨면
구름 모래밭에 자고 있어요.

비 갠 뒤

그늘 속 잎사귀는
울보다,
훌쩍훌쩍
울고 있다.

양지의 잎사귀는
웃는다,
눈물 자국
벌써 말랐다.

그늘 속 잎사귀
울보에게,
누군가, 손수건
빌려 주렴.

바다로

할아버지도 바다로,
아버지도 바다로,
형도 바다로,
모두모두 바다로.

바다 저편은
좋은 곳이죠,
모두 가기만 할 뿐
돌아오진 않아요.

나도 빨리
어른이 되어서,
역시 바다로
갈 겁니다.

하늘의 잉어•

연못의 잉어야, 왜 튀어 오르니?

저 푸른 하늘을 헤엄치고 있는,
커다란 잉어가 되고 싶은 거니?

커다란 잉어는, 오늘뿐,
내일은 내려져서, 끝나버리거든.

덧없는 일 꿈꾸는 것보단,
튀어서, 올라왔다, 되돌아가렴.

네 연못의 물속,
저건 하늘의 비늘구름.

너도 구름 위를 가는,
하늘의 잉어란다, 모르겠니?

• '하늘의 잉어'란 단오 때 종이나 천 등으로 잉어 모양을 만들어서 장대에 높이 다는 고이노보리(鯉のぼり)를 가리킨다.

푸른 하늘

아무것도 없는 하늘
푸른 하늘,
파도 잠자는 날의
바다 같다.

저 한가운데로
뛰어들어서,
쓱쓱 헤엄쳐서
가고 싶구나.

한 줄기 일어나는
하얀 거품,
그대로 구름이
되겠지.

버들과 제비

무사했느냐고
강버들이,
젊은 제비에게
말했습니다.

둘이서 지저귀던
그 가지죠,
한 마리는 여행길에
죽었습니다.

젊은 제비는
아무 말 없이,
휘익 하고 물 위를
날아갔습니다.

바다와 갈매기

바다는 파랗다고 생각했죠,
갈매기는 하얗다고 생각했죠.

그랬는데, 지금 보는, 이 바다도,
갈매기의 날개도, 회색.

다 알고 있다 생각했죠,
그렇지만 그건 거짓이었죠.

하늘은 파랗다고 알고 있죠,
눈은 하얗다고 알고 있죠.

모두 보고 있어요, 알고 있죠,
그런데도 그것도 거짓일까요?

잘 가!

내리는 아이는 바다에게,
타는 아이는 산에게.

배는 부두에게,
부두는 배에게.

종소리는 종에게,
연기는 마을에게.

마을은 낮에게,
저녁 해는 하늘에게.

나도 합시다,
'잘 가!'라고 합시다.

오늘의 나에게,
'잘 가!'라고 합시다.

소나기 정벌

대야배•에 싣는 것은,
반짝이는 삽, 삼나무총.••
간식으로 받은 비스킷.

자아, 출항 준비다,
함장님이 타신다.
길에서 금붕어가 묻는다면,
난 으스대며 호통칠 테다.

'내가 만든 모형정원,•••
두들겨, 부수고 달아나 버린,
방금 내린 소나기, 정벌.'

• 대야를 물에 띄워 배 대신으로 사용한 것.
•• 소뉫대 대통에 삼나무 씨를 넣어 쏘는 장난감 총.
••• 얕은 상자에 흙과 모래를 깔고 작은 다리 · 집 · 인형 등을 놓고, 나무와 풀을 심어 꾸민 정원이나 산수의 풍경.

보이지 않는 것

잠든 사이 무슨 일 있나.

엷은 분홍색 꽃잎이,
마루에 내려 쌓였다가,
눈을 뜨면, 문득 사라지죠.

아무도 본 건 아니지만,
누가 거짓말이라 하겠어요.

눈 깜빡하는 사이 무슨 일 있나.

하얀 천마 날개 펴고,
하얀 날개 화살보다 더 빨리,
푸른 하늘 지나가죠.

아무도 본 건 아니지만,
누가 거짓말이라 할 수 있겠어요.

책과 바다

다른 어떤 애가 가지고 있겠어요,
여러 가지 책을, 이렇게.

다른 어떤 애가 알고 있겠어요,
중국과 인도의 이야기를.

모두 책을 읽지 않는 애,
아무것도 모르는 어부네 아이.

모두들 다 함께 바다에 가고,
나는 혼자서 책을 읽죠,
어른들 낮잠 자고 있을 무렵.

모두는 지금쯤, 저 바다에서,
파도를 탔다가, 가라앉았다가,
인어처럼, 놀고 있겠죠.

인어 나라의, 이야기를,
책 속에서, 보고 있으니,
바다에 가고 싶어지고 말았다

갑자기, 가고 싶어지고 말았다.

불꽃

올라간다, 올라간다, 불꽃,
불꽃은 무엇이 되나,
버들과 공으로.

꺼진다, 꺼진다, 불꽃,
꺼져서 무엇이 되나,
보이지 않는 나라의 꽃으로.

달리기

달리기 할 때마다,
언제나 흘끗 눈에 어른거려,
진한 보라색 깃발.

다른 학교 운동장,
다른 동네 아이들과 나란히,
두근두근하면서 달리다가,
넘어졌을 때, 흘끗 보았던,
우리 학교 깃발 색.

달리기 할 때마다,
언제나 흘끗 눈에 어른거려.

비녀

아무도 몰라,
저 비녀에,
색종이 입혀서
놀았던 것을.
　　어머니는 목욕 가셨고,
　　오빠는 심부름 갔고…….

누가 보았나?
저 비녀를,
살짝 감추어
버린 것을.
　　해님은 가라앉았고,
　　달님은 아직이었고…….

누가 찾아낼까?
저 비녀의,
꽃모양 목이
떨어져 있는 것을.
　　낮에도 컴컴한 구석이고,
　　인동초는 무성하고…….

아무도 몰라
아무도 몰라.

어제의 장식수레

축제 다음날 낮잠 잘 무렵
모두가 낮잠, 여기저기서

쓸쓸히 골목에 나섰더니
어제의 장식수레 가고 있어요

꽃도 인형도 망가져서
수레만 덜컹덜컹
마른 길을 가고 있어요

혼자서 쓸쓸히 배웅했더니
어제의 장식수레 끄는 사람도
먼지 속에 있었습니다

하늘의 어머니

고치와 무덤

누에는 고치 속으로
들어갑니다,
갑갑해 보이는
그 고치 속으로.

그렇지만 누에는
기뻐하지요,
나비 되어
날 수 있어요.

사람은 무덤으로
들어갑니다,
어둡고 쓸쓸한
그 무덤 속으로.

그리고 좋은 아이는
날개 돋아,
천사 되어
날 수 있어요.

밝은 쪽으로

밝은 쪽으로
밝은 쪽으로.

잎새 하나라도
햇빛 새어드는 곳으로.

덤불 속 그늘의 풀은.

밝은 쪽으로
밝은 쪽으로.

날개는 타더라도
등불 있는 곳으로.

밤에 나는 벌레는.

밝은 쪽으로
밝은 쪽으로.

조금이라도 넓게
해가 비치는 곳으로.

도회지에 사는 아이들은.

행상대•

넓고 넓은 사막이다.
검고 검은 그늘을,
이끌고 줄지어 가는 것은,
행상대다, 행상대다.
— 낙타의 무리는 모두 검은색,
　그리하여 다리가 여섯이다.

뜨겁고 뜨거운 사막이다.
괴괴하게 내리쬐는 한낮이다.
천리 남쪽은 큰 바다,
천리 북쪽은 야자나무.
— 그 야자나무에 피는 꽃은,
　바다패랭이꽃 색깔.

산도 계곡도 모래다.
끝도 없는 사막이다.
조용히 까맣게 가고 있는 것은,
행상대다, 행상대다.
— 뜨거운 한낮 모래 해변의
　까만 작은 개미의 행렬이다.

• 떼를 지어 다니는 행상. 카라반.

하늘의 큰 강

하늘의 강 모래밭엔
자갈만 잔뜩,
대굴대굴
자갈만 잔뜩.

새파란 강줄기
조용조용 가는 것은,
가녀린 흰 돛의
초승달님이죠.

꿈과 함께 흘러가는
흐르름 속에,
별도 떠오르네요
조릿대 배처럼.

벌과 하느님

벌은 꽃 속에,
꽃은 정원 속에,
정원은 토담 속에,
토담은 마을 속에,
마을은 나라• 속에,
나라는 세계 속에,
세계는 하느님 속에,

그래서, 그래서, 하느님은,
작은 벌 속에.

• 원문에서는 일본.

계집애

계집애라는
건,
나무타기 하지 않는
거래요.

죽마를 타면
말괄량이고,
팽이치기 하는 건
바보래요.

난 그렇게만
알고 있어요,
왜냐하면 한 번씩
혼나 봤으니까요.

달님의 노래

"부처님은, 몇 살?"[•]
"부처님은, 몇 살?"
　할멈은 가르쳐 주었습니다,
　꼭 이런 초저녁달 무렵에.

"열셋, 아—홉."
"열셋, 아—홉."
　지금은, 동생에게 가르칩니다,
　똑같은 뒤뜰에서 손을 잡고서.

"아직 나이가, 어—리군."
"아직 나이가, 어—리군."
　난 요즈음 노래하지 않아,
　달님을 보고도, 잊고 있었다.

"부처님은 몇 살?"
"부처님은 몇 살?"
　보이지 않는 할멈이 손을 끌면서,
　생각나게 해 주는구나.

• 야마구치(山口) 지방에 전승되는 자장가의 한 구절.

한밤중의 하늘

사람도, 초목도 잠자는 동안,
하늘은 정말로 바빠요.

별빛은 하나씩,
아름다운 꿈 등에 지고,
모두의 잠자리에 나르느라,
반짝반짝 하늘을 어지럽게 날고,
이슬공주님은 날새기 전에,
마을 노대•의 꽃에게도,
깊은 산속 아랫잎에게도,
빠뜨리지 않고 이슬 나눠주려고,
은빛 마차 바삐 달리죠.

꽃과, 아이 잠자는 동안,
하늘은 정말로 바빠요.

• 지붕이 없는 대.

잔디

이름은 잔디라지만,
그 이름 불러 본 적 없어요.

그건 정말로 시시해,
짧은 주제에, 흔해빠졌죠,
길까지 삐져나와,
힘껏 잡아당겨도,
좀처럼 뽑히지 않는, 질긴 풀이죠.

자운영은 빨간 꽃 피고,
제비꽃은 잎사귀도 예쁘죠.
비녀풀은 비녀로,
원추리 같은 건 피리가 되죠.

하지만 만약 들판에,
그런 풀만 가득하다면,
놀다 지친 우리들은,
어디에 앉고, 어디서 잠잘까요.

파랗고, 튼튼한, 부드러운,
즐거운 잠자리여, 잔디여.

무인도

무인도로 떠내려간,
난 가엾은 로빈슨.

혼자서, 모래밭에 앉아,
먼 바다 바라봅니다.

먼 바다는 푸르고, 부우옇고,
배 닮은 구름도 없네.

오늘도 쓸쓸히, 그만두고,
나의 바위굴로 돌아갑시다.

(아니, 누굴까? 나오고 있네요,
수영복 입은 애가 서너 명.)

훌쩍 백 페이지 뛰어넘어서, 로빈슨은,
다행히 고향에 도착했어요.

(아버지 낮잠에서 깨었을 무렵,
수박 간식 시워해졌을 무렵)

신난다, 신난다, 로빈슨,
자아, 집으로 서두릅시다.

나팔꽃 덩굴

담이 가로막아
나팔꽃은
어디에 매달릴까
찾고 있다.

서쪽도 동쪽도
모두 둘러보고,
찾다 지쳐서
생각에 잠긴다.

그래도
해님이 그리워,
오늘도 한 치
더 자란다.

자라라, 나팔꽃,
바로 앞에,
헛간 처마 끝
이제 닿겠다.

보리깜부기

보리깜부기 뽑읍시다,
황금빛 이삭 물결 헤치고 나가.

보리깜부기 뽑지 않으면,
다른 보리이삭 옮으니까요.

보리깜부기 태웁시다,
샛길 따라 물가로 나가.

보리가 되지 못한 깜부기야,
하다못해 연기라도 하늘 높이.

들어오는 배 나가는 배

들어오는 배 세 척,
뭘 싣고 들어왔나.
삼형제별,• 셋,
삼각돛에 숨었지.
나가는 배 세 척,
뭘 싣고 나갔나.
빨간 등불 줄지어
검은 돛에 숨었지.

• 오리온자리 중앙에 나란히 있는 세 개의 큰 별.

진흙탕

이 뒷골목의
진흙탕 속에,
파란 하늘이
있었습니다.

멀리, 머얼리,
아름답게,
맑은 하늘이
있었습니다.

이 뒷골목의
진흙탕은,
깊은 하늘이었습니다.

심부름

달님,
저는 심부름을 가요.
다른 집 아씨 예쁜 꼬까옷,
꼬옥 가슴에 끌어안고서.

달님,
당신도 가 주실래요.
제가 달려서 가는 그곳에.

달님,
장난꾸러기 애들 만나지 않으면,
언제나 저는 기쁘답니다.
어머니의 일을,
남의 집에 날라주러 가는 건.

게다가, 게다가,
달님,
저는 정말로 기쁘답니다.
당신이 둥그렇게 될 무렵엔,
제 봄옷도 되니까요.

작년의 오늘
— 대지진 기념일에

작년의 오늘은 지금쯤,
난 집짓기놀이 하고 있었습니다.
집짓기 성은 와르르,
순식간에 무너져서 흩어졌습니다.

작년의 오늘, 저녁에는,
잔디밭 위에 있었습니다.
검은 화염 구름 무서웠지만,
어머니의 눈동자가 있었습니다.

작년의 오늘이 저물고 나서,
전에 살던 집은 불탔습니다.
그날 도착한 새옷도,
집짓기 성도 불탔습니다.

작년의 오늘 밤이 깊어서,
붉은 화염 비치는 구름 사이로,
하얀 달그림자 보았을 때도,
어머니는 껴안아 주셨습니다.

꼬까옷도 모두 새것이고,

집도 벌써 지었지만,
그날의 어머니 돌아오시지 않아.
올해는 쓸쓸하게 되었습니다.

과자

장난으로 한 개 감춘
동생의 과자.
먹을까 생각하다,
먹어버렸다,
첫 번째 과자.

어머니가 두 갠데, 하고 말하면
어떻게 하지?

놓고 보고
집어서 보고, 또 놓고 보고,
그래도, 동생이 오지 않아서
먹어버렸다,
두 번째 과자.

쓴 과자,
슬픈 과자.

나의 언덕

나의 언덕아, 안녕히.
삘기 꽃도 뽑았다, 풀피리를,
파란 하늘 보며 불기도 했다,
나의 언덕 푸른 풀아,
모두 씩씩하게 자라다오.

나 한 사람 없어도,
모두들 다시 와 놀고,
혼자서 외떨어진 겁쟁이는,
꼭 내가 했듯이,
나의 언덕이라 부르기도 할 거야.

그래도, 내게는 언제까지나,
'나의 언덕'아, 안녕히.

불꽃놀이

가랑눈 내리는 밤에,
마른 버드나무 그늘을,
우산 받고 지난다.

여름밤에 쏘아올린,
버드나무 그늘의,
불꽃 문득 생각나.

눈 속으로 날아가는,
불꽃이 보고 싶구나,
불꽃이 보고 싶구나.

가랑눈 오는 밤에,
마른 버드나무 그늘을,
우산 받고 지나면,

먼 옛날에 쏘아올린,
불꽃놀이 내음새,
그리웁게 나는구나.

활동사진

파란 활동사진의
달이 떠서
활동사진의 거리가
되었습니다.

지붕에
검은 고양이
살지 않을까.

무서운
마도로스
오지 않을까.

활동사진 보고 돌아가는 길
달이 떠서
낯선 거리
되었습니다.

조그만 나팔꽃

그건
언젠가의
가을날이에요.

마차 타고 지나간 마을 변두리,
초가집 한 채, 대나무 울타리.

대나무 울타리에 하늘색,
조그만 나팔꽃 피어 있었어요.
하늘 보고 있는 눈동자마냥.

그건
언젠가의
맑았던 날이에요.

장미의 뿌리

처음 핀 장미는
빨간 커다란 장미.
　　흙 속에서 뿌리가 생각하지
　　'좋아라,
　　좋아라.'

두 번째 해엔, 세 송이,
빨간 커다란 장미.
　　'또 피었구나,
　　또 피었구나.'

세 번째 해엔, 일곱 송이,
빨간 커다란 장미.
　　흙 속에서 뿌리가 생각하지
　　'처음 것은
　　왜 안 필까.'

가을

전등이 저마다
불이 켜져서,
저마다 그림자를
드리워서,
마을은 아름다운
줄무늬가 된다.

줄무늬 밝은 곳엔,
유카타• 차림의
서너 명.
줄무늬 어스레한 곳엔,
가을이 살며시
숨어 있다.

• 목욕 후 또는 여름철에 평상복으로 입는 두루마기 모양의 긴 무명 홑옷. 옷고름이나 단추가 없고 허리에 띠를 두른다. 목욕옷, 욕의.

뱃집

아버지랑
어머니,
그리고 나랑,
오빠랑.
뱃집은 즐겁구나.

짐 부리기 끝나고, 날이 저물어,
이웃 배의 돛대에,
샛별이 걸릴 무렵,
빨간 모닥불에, 아버지의,
이야기 듣다가 잠이 들고.

새벽녘 샛별 밝아올 무렵,
아침바람 실바람에 돛을 올리고,
항구를 나가면 드넓은 바다,
안개 걷히면, 섬이 보이고,
파도가 반짝이면, 물고기 뛰지.

점심때 지나서 바람이 일고,
파도는 출렁출렁 솟아올라,
머언 아득한 바다의 끝,

황금빛 석양이 가라앉을 때,
바다는 꽃보다 아름다워.

바닷물로 지은 밥 맛나게 먹고,
배 가득 햇빛 받으며,
돛대 가득 바람 맞으며,
드넓은 대해로 여행 떠나지,
뱃집은 즐겁구나.

바다의 인형

큰 진주공이랑,
갖가지 조개, 가지산호,
인어의 딸은 싫증났어요.

육지 아이 갖고 있다는,
검은 눈동자 인형이,
갖고 싶다고, 갖고 싶다고 울었습니다.

엄마 인어는 가엾어서,
인형 안은 아이의 배
가라앉혀 빼앗았지요.

인어 딸은 인형을 볼 때마다,
먼 나라 그리워서,
마침내 바다를 버렸습니다.

바다의 인형은 부드러운,
해조의 요람에서, 쌔근쌔근,
지금도, 꿈꾸고 있어요.

육지의 인어는, 고향이,

그리워, 그리워서 갯바위에서 울다가,
갯바위 물떼새가 되었습니다.

사냥꾼

난 작은 사냥꾼,
난 대포의 명인.

대포는 작은 삼나무대포,•
탄환은 가지마다 달려 있다.

녹색 대포, 어깨에 메고,
산길, 좁은 길 날쌔게.

난 마음씨 고운 사냥꾼,
다른 사냥꾼 가는 쪽으로,

잽싸게 빠져나와 새들에게
녹색 탄환 쏘아 준다.

녹색 탄환은 아프지 않아,
새들 깜짝 놀라, 날아갈 뿐.

• 조릿대의 한쪽 끝에 삼나무 씨를 넣고 반대쪽 끝에도 삼나무 씨를 봉으로 밀어 넣어서 공기의 압력에 의해 앞의 삼나무 씨가 튕겨 나가게 하는 장난감.

새가 그때는 화를 내겠지,
그래도, 그래도, 난 기뻐요.

난 작은 사냥꾼,
난 대포의 명인.

녹색 대포, 어깨에 메고,
산길, 좁은 길 날쌔게.

흙

툭툭
얻어맞는 흙은
좋은 밭이 되어
좋은 보리 낳지요.

아침부터 밤까지
밟히는 흙은
좋은 길 되어
자동차를 지나가게 하지요.

얻어맞지 않는 흙은
밟히지 않는 흙은
필요 없는 흙일까.

아니 아니, 그것은
이름 없는 풀의
집이 되지요.

캄캄한 밤의 별

캄캄한 밤, 길 잃은
별 하나.
저 애는
여자애일까?

나처럼
외톨이,
저 애는
여자애일까?

해님의 노래

우리 나라[•] 기는,
　　해님의 기지요.
우리 나라 어린이,
　　해님의 어린이.
어린이는 노래하죠,
　　해님의 노래를.
벚나무 아래서,
　　봄 안개 속에서.

우리 나라에,
흘러넘치는 노래를,
　　배에 실어,
　　온 세계에 나눠줘라.
흘러넘치도록 부르자,
　　해님의 노래를.
벚나무 그늘에서,
　　해님의 아래서.

• 원문에는 일본으로 되어 있다.

바다의 색깔

아침은 반짝반짝 은빛 바다,
은은 모두를 검게 한다.
증기선 색깔도, 돛의 색깔도,
은이 찢어진 곳도 모두 검다.

낮은 흔들흔들 푸른 바다,
푸른 것은 모두를 그냥 그대로.
떠오르는 볏짚부스러기, 대나무조각,
바나나 껍질도, 그냥 그대로.

밤은 고요한 검은 바다,
검정은 모두를 덮어버린다.
배는 있는지, 없는지,
빨간 등불의 그림자뿐.

넓은 하늘

난 언젠가 나가 보고 싶어,
넓고 넓은 하늘 아래로.

마을에서 보는 것은 멀고 먼 하늘,
은하수조차 지붕에서 지붕으로.

언젠가 한 번은 나가 보고 싶어,
그 강 끝의, 또 끝,
바다로 나가는 그곳까지,
모두 한눈에 보이는 곳에.

칠석 무렵

바람이 불어불어 조릿대 숲
조릿대의 속삭임 들었습니다.

뻗쳐도 뻗쳐도 아직도 멀어,
밤의 별하늘, 은하수,
언제나 닿을 수 있을까.

바람이 불어불어 넓은 바다
파도의 흐느낌 들었습니다.

벌써 칠석도 끝났나,
하늘의 강도 희미해졌나.

조금 전 지나간 나그네는,
다섯 색깔 어여쁜 단자쿠
바래서 쓸쓸해, 조릿대 가지.

항구의 밤

구름 낀 밤.
작은 별이 오슬오슬
하나.

추운 밤.
배의 등불 물속에 잠기어 흔들흔들
둘.

쓸쓸한 밤.
바다의 눈동자 파랗게 반짝반짝
셋.

삐라 뿌리는 자동차

삐라 뿌리는 자동차 왔다,
짠짜라 짠, 악대 싣고 왔다.

삐라를 줍자, 빨간 삐라,
더 줍자, 노란 삐라,

삐라 뿌리는 자동차 왔다.
삐라 뿌리는 자동차, 따라서 가자.

마을을 벗어나서, 떨어지는 삐라는,
들판에 뿌려져서 자운영 꽃,
밭에 떨어져서, 유채꽃 되지.

봄의 수레다, 따라서 가자.

물맴이•

하나의 물동그라미, 하나 사라지고,
세 개 그리면 모두 사라져.

물 위에 일곱 개의 물동그라미 그리면,
마법은 거품과 함께 사라질 텐데.

연못의 주인에게 붙잡힌
지금의 모습은, 물맴이.

어제도 오늘도, 푸른 물,
구름은 사라지지 않고 비치지만,

하나, 둘……, 물동그라미,
하나씩 사라져 간다.

• 물맴잇과의 곤충. 몸의 길이는 6~7.5밀리미터이며, 광택이 나는 검은색이고 수염과 다리는 붉은 갈색이다. 물 위를 뱅뱅 도는 습성이 있고 연못, 도랑 따위에 사는데 한국, 일본, 대만 등지에 분포한다.

삼나무와 쇠뜨기•

한 그루 삼나무가 노래하네.
저 산 너머 저편
큰 바다 가운데,
나비 같은,
흰 돛단배 세 척, 보았지.

한 그루 삼나무가 노래하네.
저 산 너머 저편
큰 마을 가운데,
청동의 돼지,
물 뿜는 걸 보았지.

한 그루 삼나무 아래서
쇠뜨기가 노래하네.
나도 언젠가,
저만큼 자라서,
멀리멀리 볼 거야.

• 원제는 '杉と杉菜'이다. '杉菜(스기나 : 쇠뜨기)'는 '杉(스기 : 삼나무)'와 모양이 비슷해서 붙여진 이름이다.

울새의 서울

숲속의 울새 씨,
숲은 잎 스치는 소리뿐.

서울 구경 어때요?
밤엔 등불이 꽃과 같죠,
활동사진도 볼 수 있어요.

서울에서 온 아가씨,
나의 서울은 어때요?

셀 수 없이 많은 나무의 집,
밤엔 별이 꽃과 같죠,
낙엽의 댄스도 볼 수 있어요.

밤

밤은, 산이랑 숲의 나무랑,
둥지에 있는 새랑, 풀잎이랑,
빨간 귀여운 꽃에게까지,
검은 잠옷 입히지만,
내게만은, 그러지 못해.

나의 잠옷은 하얘요.
그리고 어머니가 입혀 주시죠.

바람

하늘의 산양지기
눈에 보이지 않아요.

산양은 몰려서
해질녘,
광야의 끝을
무리 지어 갑니다.

하늘의 산양지기
눈에 보이지 않아요.

산양이 석양에
물들 무렵,
멀리서 피리를
불고 있어요.

땅의 할멈

흰 백합의 섬

나 혼자만 알고 있는,
멀고 먼 외딴섬.
언제나 난 학교의
미루나무 그늘에서, 지도를 그리죠.

쓸면 지워지는 섬이지만,
그릴 때마다 변하는 지도이지만,
언제나 한가운데 호수가 있고,
언제나 궁전은 그 언덕배기에.

눈보다 하얀, 향기로운,
궁전 속에 사는 사람은,
연두색 긴소매,
금관 쓴 공주님.

섬은 흰 백합, 만발할 무렵,
하늘까지 새하얀 백합의 향기,
배가 다가와도 험한 벼랑
손도 닿지 않는 꽃뿐.

파란 미루나무 잎 그늘에서,

언제나 난 지도를 그리죠.

질리지 않고, 질리지 않고, 갈 때마다,
'흰 백합 섬' 지도를 그리죠.

밭에 내리는 비

무밭의 봄비,
파란 잎사귀 위에 내려와,
작은 목소리로 웃는 비.

무밭의 낮 비,
빨간 모래 흙에 내려와,
말없이 쓸쓸하게 숨어드는 비.

바다의 끝

구름이 솟아나는 건 저어기쯤,
무지개의 밑동도 저어기쯤.

언젠가 배 타고 가고 싶어,
바다의 끝까지 가고 싶어.

너무 멀어서, 날이 저물어,
아무것도 안 보이게 된다 해도,

빠알간 대추 따듯,
예쁜 별 손으로 딸 수 있는,
바다의 끝까지 가고 싶어.

전등의 그림자

소풍 가는 날 기차 안,
누군가는 노래하고 있었습니다.
선생님은 웃고 있었습니다.

유리 밖의 저녁 하늘에서,
문득 본 것은, 홀홀,
불꽃 같은, 꺼질 듯한,
전등의 그림자였습니다.

들여다보고 있으면, 그 아래에,
엄마의 얼굴이 있었습니다.

산에서 돌아오는 기차 안,
누군가는 노래하고 있었습니다.

밝은 집

앵초꽃 피는 언덕 위,
그건, 밝은 집이죠.

아침부터 밤까지 방에는,
끝없이 들어오는, 햇살.

분홍색 벽에 걸린 것은,
무지개와 천사 그림 한 장.

장난감가게 같은, 장난감 선반,
장난감 개수도 알아요.

언제부터일까, 어째서일까,
난 모두 알고 있어요.

그건 나의 집이니까,
그건 나의 집이니까.

시계의 얼굴

도붓장수 박쥐가,
짧은 그림자 끌고 가는,
하얀 눈부신 한낮의 길.

문득 뒤돌아보니 누구일까,
꼼짝 않고 쳐다봐요,
하얀 얼굴.

눈을 감았다 다시 뜨고,
잘 보니
시계의 얼굴이었어요.

집 보기, 쓸쓸해서,
꼼짝 않고 들여다보고 있었지만,
그뿐 시계의 얼굴이었어요.

손가락 걸기

목장 끝 뉘엿뉘엿,
붉은 해님 가라앉아요.

울타리에 기댄 그림자 두 개,
한 명은 읍내 아이, 빨간 리본,
또 한 명은 가난한 목장의 아이.

"내일은 꼭, 찾아 줘,
일곱 잎 클로버."•

"그러면, 나한테 가져와,
그런 예쁜 분수를."

"그래, 꼭이야, 손가락 걸어."
둘은 새끼손가락 걸었어요.

목장의 끝 풀숲에 숨어서,
빨간 해님, 혼잣말.

• '일곱 잎 클로버'는 '무한의 행복'이라는 꽃말을 가지고 있다.

"풀 속에 숨어서, 이대로,
내일은 나가지 말고 있고 싶구나."

맨발

땅이 까매서, 젖어 있어서,
맨발이 예쁘구나.

이름도 모르는 언니가,
나막신 끈 꿰어 줬지만.

땅과 풀

엄마 모르는
풀의 아기를,
몇천만의
풀의 아기를,
땅은 혼자서
기른답니다.

풀이 파릇파릇
무성해지면,
땅은 풀에게
덮여 버릴 텐데…….

장미의 마을

초록 오솔길, 이슬길,
오솔길 끝은, 장미의 집.

바람 불면 흔들리는 장미의 집,
흔들리면 향기로운 장미의 집.

장미의 난쟁이는 창문으로,
작은, 황금 날개 보이며,
옆집 사람과 얘기하고 있었죠.

똑똑똑 문을 두드리자,
창문도 난쟁이도 모두 사라져,
바람에 흔들리는 꽃뿐.

장밋빛 새벽에,
찾아갔던 장미의 마을.

그날
나는 한 마리의 개미였어요.

물푸레나무 등불

방에 빨간 등불 켜지면,
유리창 밖, 물푸레나무,
숲속에도 등불이 켜져요,
여기와 똑같은 등불이 켜져요.

밤 깊어 모두가 잠들면,
잎사귀는 저 등불 아래 둘러앉아서,
모두 깔깔대며 이야기하죠,
모두 함께 노래도 하죠.

꼭, 이렇게 우리들이,
식사 후에 하는 것처럼.

커튼을 쳐요, 잡시다,
모두가 일어나 깨어 있을 땐,
잎사귀들 이야기할 수 없으니까요.

박꽃

매미도 울지 않는
해질녘,
한 송이, 한 송이,
오직 한 송이,

또르륵, 또르륵
태엽을 푸는,

연두색 꽃봉오리
오직 한 송이.

아아, 하느님은 지금
이 속에.

장지문의 그림

여기는 잠의 숲이지요,
나쁜 선녀에게 저주받아,
모두가 잠든 숲이지요.

빨간 모자 딱따구리는,
노송나무에 앉아서, 눈을 뜨고,
딱딱딱 쪼면서, 잠들어 있어요.

피어난 앵두나무 옆에는,
날개를 펴고, 날아올라서,
두 마리의 동박새 잠들어 있어요.

꽃도 잠들어 지지도 않고,
바람도 잠들어 흔들리지 않는,

여기는 잠의 숲이지요,
긴 잠의 숲이지요.

해님, 비님

먼지 묻은
잔디를
비님이 씻겨
주었습니다.

씻느라 젖은
잔디를
해님이 말려
주었습니다.

이렇게 내가
뒹굴면서
하늘을 바라보기
좋게 하려고.

참새와 양귀비

작은 참새가
죽었는데,
양귀비 새빨갛게 피어 있네.

모르고 있어요
알리지 말고,
가만히 옆으로 지나갑시다.

만약에 꽃이
듣는다면,
금방 시들어 버릴 테니까요.

구름

산에 누구를
찾았을까,
구름이 산으로
들어가네요.

산에는 아무도
없었어요,
구름이 산에서
나오네요.

심심한 듯
저녁 하늘을,
구름이 혼자서
날고 있네요.

스님

작은 물결 밀려왔다 밀려가는,
후미진 바닷가의 길이었어요.

나의 손 이끌어준 것은,
낯선 나그네 스님.

왜일까, 요즈음 생각하는 것,
"아버지는 아닐까?"

그렇지만 먼 옛날입니다,
절대로 돌아갈 수 없는 옛날입니다.

수런수런, 게들이 기어가고 있던,
후미진 바닷가의 길이었어요.
나의 얼굴 보고 있던 건,
민들레 색 달님.

포구의 미코시

거세구나, 파도, 파도, 사람의 파도,
미코시 작은 배는 파묻힐 것 같아.
얏사아얏사, 얏사아얏사.

순식간에 파도, 파도, 사람의 파도,
이웃 동네까지 쏴아 달아난다.
얏사아얏사, 얏사아얏사.

뒤에는 파도, 파도, 갯바위의 파도,
언제나처럼, 바로 거기에.
철썩철썩, 철썩철썩, 철썩철썩, 쏴아.

달력과 시계

달력이 있으니까
날짜를 잊어먹고
달력을 보고서야,
"사월이구나!" 하지요.

달력이 없어도
날짜를 알고
영리한 꽃은
사월에 피지요.

시계가 있으니까
시간을 잊어먹고
시계를 보고서야,
"네시구나!" 하지요.

시계가 없어도
시간을 알고
영리한 새는
네시에는 울지요.

종이접기 놀이

빨간, 네모난, 색종이여,
이걸로 마술을 부립시다.

나의 열 개 손끝으로,
우선 생겨나지요, 탁발승이.

순식간에 변합니다, 도미 꼬리로,
이런이런, 팔딱팔딱 팔딱거리죠.

도미도 띄우면 돛단배,
배는 돛을 달고 어디로 갈까요.

돛 내리면 두 척의 배,
세계의 끝까지 함께 가지요.

다시 한 번 바꾸면 풍차,
훅 하고 붑시다, 돌립시다.

아직도 바뀌어서 여우님,
캥캥, 이번엔 무엇이 될까요.

거기서 변합니다, 종잇조각으로,
원래의 네모난 색종이로.

얼마나 신기한 종이입니까,
얼마나 멋진 마술입니까.

빈터의 돌멩이

빈터의 돌멩이가,
없어졌다.
끈끈이 찧는 데에
좋았는데 말이야.

돌멩이는 마차를,
탔거든.
빈터의 풀이
쓸쓸한 것 같은데 말이야.

금붕어

달은 숨 쉴 때마다
저 부드럽고, 그리운
달빛을 토해 내지요.

꽃은 숨 쉴 때마다
저 청아한 향기로운
꽃향기를 토해 내지요.

금붕어는 숨 쉴 때마다
저 이야기 속 의붓자식처럼
예쁜 옥구슬을 토해 내지요.

송아지

매, 음매, 음매에, 건널목에서,
다함께 화차를 세고 있었다.
다, 여, 일곱, 여덟 번째의,
화차에 송아지가 타고 있었다.
팔려서 어디로 갈까,
송아지만 타고 있었다.
저녁바람 차가운 건널목에서,
다함께 화차를 배웅했다.
밤에는 어떻게 잘까,
어미 소는 없었다.
어디로 송아지는 가는 걸까,
정말로 어디로 가는 걸까.

분실물

시골역 대합실,
고요히 밤이 깊었어요.

몇 시 기차를 기다릴까.
낡은 인형, 단 혼자서.

마지막 기차에 깜짝 놀란,
벌레도 찌륵찌륵 울 무렵,
비를 든 할아버지,
물끄러미 바라보고 있었어요.

낡은 인형의 엄마는,
얼마나 많은 산부리를 가는 것일까.
머얼리, 메아리 울려 퍼져요.

시골역은 밤이 깊어,
고요히 벌레가, 울고 있어요.

순례

유채꽃 필 무렵,
해변길에서 마주친,
순례하는 아이 왜 안 올까.

난 나쁜 짓 했거든,
그때, 돈은 갖고 있었어,
각시인형 세 개나 살 만큼.

그 각시인형도 사지 않고,
생각이 나서 기다리고 있는데,

가을 날씨 화창한 길에는,
왕잠자리 그림자뿐.

꽃의 영혼

두 개의 작은 상자

홍견[•]이랑, 수자[••]랑, 가이키[•••]랑,
예쁜 헝겊조각이 상자 가득.
검정이랑, 흰색이랑, 연두색이랑,
구슬이 상자 가득.
　　그건 다 내 것이죠.

언젠가, 작은오빠가,
선장님 되었을 때,
두 개의 상자 주문했죠.
　　그건 다 내 것이죠.

배는 물길 몇천 리,
난쟁이 섬에 교역하러.
그리고 돌아올 땐 갑판에,
섬의 보물 산더미만큼.
　　그건 다 내 것이죠.

• 잇꽃의 색소로 붉게 물들인 견직물로 부인용 일본옷의 안감에 쓴다.
•• 수자직으로 짠 직물로 반드럽고 광택이 있다.
••• 염색한 견사로 짠 평직 비단으로 하오리(위에 입는 짧은 겉옷)의 안감이나 이불감·우산 천 등으로 쓴다.

나는 밝은 툇마루에,
줄줄이 예쁜 옷감 진열해 놓아요.
그러고는 사락사락 소리 내며,
구슬을 세고 있죠.
    그건 다 내 것이죠.

꿈과 생시

꿈이 생시이고 생시가 꿈이라면,
좋을 거야.
꿈은 아무것도 정해져 있지 않으니,
좋을 거야.

낮 다음은, 밤인 것도,
내가 공주님이 아니란 것도,

달님은 손으로는 딸 수 없다는 것도,
백합 속으로는 들어갈 수 없다는 것도,

시곗바늘은 오른쪽으로 간다는 것도,
죽은 사람들은 없다는 것도.

정말로 아무것도 정해져 있지 않으니,
좋을 거야.
가끔씩 생시를 꿈으로 꾼다면,
좋을 거야.

늙은 단풍

정원의 늙은 단풍에게
십일월의 해님이
때가 왔어요, 하고 말했습니다.

정원의 늙은 단풍은
꾸벅꾸벅 낮잠 자다가
단풍 드는 걸 잊었습니다.

신축한 창고의 지붕이 높아
십일월의 해님은
힐끔 들여다봤을 뿐이었습니다.

정원의 늙은 단풍의
파란 잎은 파란 채로
조용히 떨어져 떠났습니다.

별과 민들레

푸른 하늘 속 깊이,
바다의 조약돌처럼,
밤이 올 때까지 잠겨 있는,
낮별은 눈에 안 보여.
　　보이진 않지만 있어요,
　　보이지 않는 것도 있어요.

꽃 지고 시든 민들레의,
기왓장 틈새에 묵묵히,
봄이 올 때까지 숨어 있는,
강한 그 뿌리는 눈에 안 보여.
　　보이진 않지만 있어요,
　　보이지 않는 것도 있어요.

꽃의 영혼

떨어진 꽃님의 영혼은,
부처님의 꽃밭에,
하나도 남김없이 태어나지요.

왜냐하면, 꽃님은 다정하여서,
해님이 부르실 때에,
활짝 피어, 미소 지으며,
나비에게 단 꿀을 주고,
사람에겐 향기를 모두 주고서,

바람이 "이리 와" 하고 부를 때에,
역시 다소곳이 따라가서는,

떨어진 꽃잎마저도, 소꿉놀이의
밥이 되어 주니까요.

아침과 밤

아침은 어디에서 올까.

동쪽 산에서 빠꼼히 내다보고,
순식간에 하늘을 뛰어 넘어서,
슬며시 마을로 내려오지.

나무그늘, 마루밑, 그런 곳,
아침해 뜰 때까지 들여다보진 못해.

밤은 어디에서 올까.

마루 밑에서, 나무그늘에서,
휘둥휘둥 깨어 나와서,
불쑥 커다랗게 추녀 밑에 서지.

저녁 해 가라앉아 버려도,
구름의 끝에 닿지는 못해.

보리의 싹

농부 아저씨, 밭에 보리를 뿌렸다.

매일 밤, 밤 서리 내렸지만,
매일 아침, 아침 해가 지워 주어,
밭은 여전히 까맸다.

어느 날 밤, 한밤중에 누가 왔다,
지팡이를 세 번 휘두르고 있었다.
"아가야, 아가, 어서 나오렴."

새벽의 샛별과, 농부 아저씨도,
함께 싹튼 보리를 찾아냈다.
여기서도 저기서도 찾아냈다.

무지개와 비행기

마을 사람들 처음으로
무지개를 보았다,
비행기 보러 나왔다가
무지개를 보았다.

초겨울비 내린 하늘
비행기는,
무지개의 동그라미 속으로
서둘러 간다.

그렇구나,
그렇구나,
비행기는,
마을 사람들에게
이 무지개
보여 주려고,
무지개 나라에서
심부름
온 게로구나.

두 개의 풀

작은 씨앗은 사이가 좋아,
늘 약속했죠.
"우리 둘은 꼭 함께야,
넓은 세상으로 나갈 때엔."

그렇지만 하나가 들여다봐도,
다른 하나는 그림자도 없고.
나중의 씨앗이 세상에 나왔을 땐,
먼저 나온 씨앗은 너무 자랐다.

키가 큰 꺽다리 쇠스랑개비,•
가을바람 불면 사각사각,
오른쪽 왼쪽, 두리번거리며,
옛 친구 찾고 있다.
조그맣게 핀 발밑의,
쥐손이풀•• 알아보지도 못하고.

• 가락지나물이라고도 한다. 들의 습기 있는 곳에서 자라며 높이는 20~60센티미터로 하반부가 비스듬히 누워 자란다.

•• 여름에서 가을에 걸쳐 산과 들에 피는 야생화로 이질풀이라고도 한다. 키는 약 50센티미터 정도이고, 씨의 모양이 미코시의 지붕 장식과 닮아서 일본에서는 미코시풀이라고 한다.

나무

작은 새는
작은 가지 꼭대기에,
아이는
나무 그늘 그네에,
작은 잎사귀는
새싹 속에.

저 나무는,
저 나무는,
좋아할 거야.

차례차례

달밤에 그림자밟기 하고 있으면,
 "그만 자라" 하고 부르러 오죠.
  (조금만 더 놀면 좋은 텐데.)
그래도 돌아가서 자고 있으면,
여러 가지 꿈을 꾸죠.

그리고 좋은 꿈 꾸고 있으면,
 "자 학교 가야지" 하고 깨우죠.
  (학교가 없으면 좋을 텐데.)
그래도 학교에 나가 보면,
동무들이 있어서, 재미있죠.

모두가 성 빼기 하고 있으면,
종소리가 교실로 밀어 넣죠.
  (종이 없으면 좋은 텐데.)

그래도 이야기 듣고 있으면,
그건 역시 재미가 있죠.

다른 아이도 그럴까?
나처럼, 그럴까?

달과 도둑

십삼 인의 도둑이,
북쪽 산에서 내려왔다.
마을을 휩쓸어 버리자고,
검은 행렬을 지었다.

오직 혼자인 달님,
동쪽 산에서 올라왔다.
마을을 장식해 주려고,
은의 베일을 던졌다.

검은 행렬은 은이 되고,
은의 행렬은 줄줄이,
은의 마을 속을 빠져나간다.

십삼 인의 도둑은,
산길도 잃어버렸고,
도둑의 길도 잃어버렸고,

남쪽 끝에서, 정신이 드니,
산은 희끔희끔, 어디에선가,
꼬꼬닭이, 바보 녀석 하고 울음을 운다.

자국눈•

눈이 내려요,
눈이 내려요.

내려서는 사라지고
질척질척한,
진흙탕이 되려고
눈이 내려요.

오빠도, 언니도,
남동생도, 여동생도,
뒤를 따라, 뒤를 따라
눈이 내려요.

즐거운 듯
춤추면서,
진흙탕이 되려고
눈이 내려요.

• 겨우 발자국이 날 만큼 적게 내린 눈. 자취눈.

학교 가는 길

학교 가는 길, 멀어서,
언제나 이야기를 생각해요.

길에서 아무도 만나지 않으면,
학교에 닿을 때까지 생각해요.

그렇지만 누군가와 만난다면,
아침 인사를 해야죠.

그러면 난 떠올리죠,
날씨에 대해, 서리에 대해,
논이 쓸쓸해진 것에 대해,

그러니까, 나는 가는 길에,
다른 아무하고도 만나지 않고,
그 이야기 끝나기 전에,
문을 빠져나가는 게 좋아요.

차 선반

차 선반 위에는
양철깡통,
옛날이야기의
은항아리.

시계가 세 번
친다면,
속에서 나오는 것
비스킷.

차 선반 속에는
과자 그릇,
어제는 카스텔라
있었지만,

과자가 솟아나지
않는다면,
지금은 틀림없이
텅 비었을 거야.

새 둥지

작은 새야, 작은 새야,
뭘로 둥지를 만드니?

짚으로, 짚으로, 만들지.

작은 새야, 작은 새야,
그건, 너에겐 안 어울려.

그럼 뭐로 만들지?

깃털 색 청색 실과,
눈동자 색 검정 실과,
부리 색 빨강 실과,
세 가지, 삼색의 비단실로,
짜서, 짜서, 만들렴.

이슬

아무에게도 말하지 말고 그냥 둡시다.

아침 뜨락 한구석에서,
꽃님이 글썽글썽 눈물 흘린 일.

혹시라도 소문이 돌아
벌님 귀에 들어간다면,

잘못이라도 한 줄 알고,
꿀을 돌려주러 가겠지요.

기둥감기•

기둥감기 하며하며 집에 가죠.

학교 문을 빙글빙글,
나무가 있으면 그 나무를 빙글빙글,
낟가리 주위를 빙글빙글,
모두 손을 잡고 빙글빙글.

이 길은, 아무것도 없는 길이네,
일학년 아이가 있구나,
그 아이 둘레를 빙글빙글.

"기둥감기 놀인 어떨까?"
"기둥감기 놀인 어떨까?"

• 천이나 거적 등으로 기둥을 감아 싸는 것이나, 여기에서는 이를 흉내 내는 아이들의 놀이를 가리키는 말이다.

물과 바람과 아이

하늘과 땅을
빙글빙글
도는 건 누굴까?
그건 물.

온 세계를
빙글빙글
도는 건 누굴까?
그건 바람.

감나무를
빙글빙글
도는 건 누굴까?

그건 그 열매를 따고 싶은 아이죠.

아이 구름

아이 바람 있는 곳에,
아이 파도가 놀고 있어요.

어른 파도 있는 곳엔,
바람도 어른이 있어요.

그런데, 하늘을 여행하고 있는,
아이 구름은 딱하지요.

어른 바람에게 끌려서,
숨을 헐떡거리며 따라가죠.

마음속 인형

빨간 손궤•에 가득한,
예쁜 옷감 입혀 본다,
내 인형은, 마음속 인형이죠.

마음속 인형이니까, 언제까지나,
얼굴도 더러워지지 않고, 손도 떨어지지 않고,
세상에서 최고로 예쁘죠.

마음속 인형이니까 게다가,
이야기도 할 수 있고 듣기도 해서,
세상에서 최고로 영리하죠.

빨간 아기 사슴이랑, 꽃그림 비단이랑,
실컷, 실컷, 갈아입히는,
내 인형은, 마음속 인형이죠.

• 손으로 들고 다니기 좋게 만든 작은 궤.

축음기

어른들은 꼭 생각하지요,
애들은 철이 없다고.

그러니까, 내가 나의 배로,
겨우 발견한 작은 섬의,
성문으로 들어오는 대목에서,
어른들은 갑자기 축음기를 틀어요.

난 그 소리, 듣지 않으려고,
이야기의 다음을 계속하지만,
노래는 슬금슬금 들어와서는,
섬도 성도 훔쳐가 버려요.

산다화

없어 없어
할멈!
누굴 달래나.

바람 부는 뒤꼍의
산다화는.

없어 없어
할멈!
언제까지나,

울 것 같은
하늘 달래지.

언젠가

집이 보이는 모퉁이에 와서,
생각이 났어, 그 일이.

나는 더 질기다는 거,
토라져 있어야 한다는 거.

왜냐면, 엄마가 그랬어,
"밤중까지 그러고 있어 보렴" 하고.

그런데, 모두가 부르러 와서,
깜빡 잊고 달려 나가 버렸거든.

왠지 쑥스럽긴 하지만,
그래도 좋아,
사실은 기분 좋은 쪽을,
틀림없이 엄마는 좋아할 테니까.

꽃이라면

만약에 내가 꽃이라면,
아주아주 착한 아이 될 거야.

말을 못한다면, 걷지 못한다면,
어떻게 장난을 치겠어.

그렇지만, 누군가가 와서,
미운 꽃이라고 한다면,
금방 화가 나서 시들 거야.

만약에 꽃이 된다 해도,
역시 착한 아이는 못 되겠다,
꽃처럼은 못 되겠다.

뱃사공과 별

뱃사공은 별을 보았습니다.
별이 말했어요.
"이리 와요 이리 와."
파도가 무척이나 거친 날이었습니다.

뱃사공의 눈은 빛났습니다.
바람도 겁내지 않고, 파도에 눈길도 주지 않고,
별에게로 뱃머리를 향하여 나아갔습니다.

뱃사공은 기슭에 닿았습니다.
엉겁결에.
'별이구나, 별이구나' 하고 생각했어요.
별은 역시 멀었습니다.

뱃사공을 놓쳤다고,
파도는 더욱더 화를 냈습니다.

잃어버린 것

여름에 물가에서 잃어버린,
장난감 배는, 그 배는,
장난감 섬으로 돌아갔지.
　　달빛 쏟아지는 속으로,
　　유리구슬 남실대는 물가까지.

언젠가, 새끼손가락 걸었지만,
그러고선 만나지 못한 호호요•는,
하늘나라로 돌아갔지.
　　연꽃 쏟아지는 속으로,
　　천동••들의 호위 받으며.

그리고, 어젯밤, 트럼프의,
수염이 무서운 임금님은,
트럼프의 나라로 돌아갔지.
　　나풀나풀 흰 눈 쏟아지는 속으로,
　　나라의 병사들 호위 받으며.

• 다나베 호호요(田邊豊々代). 가네코 미스즈의 여학교 시절의 절친한 친구.

•• 불교 용어로 불법을 지키는 신의 하나. 천인이 동자의 모습으로 인간계에 나타난 신이라고 한다.

잃어버린 것들은 모두모두,
본래의 집으로 돌아가는 거지요.

밤에 지는 꽃

아침 햇살에
지는 꽃은,
참새도 높이뛰기
해 주죠.

저물녘 바람에
지는 꽃은,
종이 노래 불러
줄 거예요.

밤에 지는 꽃은
누구하고 노나,
밤에 지는 꽃은
누구하고 노나.

북풍의 노래

중천의 초겨울 찬바람 소리,
문득 멈추었을 때
생각하는 것—

중천에서 바람이 그러지.
들어 봐, 들어 봐, 노래를
내 노래를,
얼음 들판에
사는 새의 노래,
구름의 평원
지나가는 썰매의 방울소리,
모두를 나는
가지고 왔다—
아무도 대꾸하지 않고, 듣지도 않는다.
중천에서 바람은 문득,
쓸쓸해졌다—

달빛

1
달빛은 지붕에서,
환한 거리를 내다봅니다.

아무것도 모르는 인간들은,
대낮인 양, 즐거운 듯,
환한 거리를 걸어갑니다.

달빛은 그걸 보고,
조용히 한숨 쉬곤,
아무도 받아주지 않는, 수많은,
그림자를 기왓장에 버립니다.

그것도 모르는 인간들은,
불빛의 강 길거리를,
물고기처럼, 지나갑니다.
　　한 걸음마다 진해졌다, 엷어졌다,
　　길어졌다가 오므라지는, 변덕스런,
　　전등 그림자를 끌면서.

2

달빛은 찾아냅니다,
어둡고 쓸쓸한 뒷골목을.

서둘러서 휙 뛰어들어,
그곳의 가난한 고아,
놀라서 눈떴을 때,
그 눈 속에도 들어갑니다.
　　조금도 아프지 않게,
　　그래서 그곳의 오막살이집이,
　　은의 궁전으로 보이게.

아이가 이윽고 잠이 들어도,
달빛은 날이 샐 때까지,
조용히 그곳에 머물러 있습니다.
　　망가진 짐수레, 부서진 우산,
　　한 줄기 피어난 풀에게까지,
　　골고루 그림자를 나누어 주면서.

가네코 미스즈 연보

1903년(0세)

4월 11일, 일본 야마구치현 오쓰군 센자키(山口縣大津郡仙崎) 790번지에서 아버지 가네코 쇼노스케(金子庄之助), 어머니 미치(ミチ) 슬하 장녀로 출생. 본명은 데루(テル)로, 두 살 위 오빠는 겐스케(堅助).

1905년(2세)

2월 23일, 남동생 마사스케(正祐) 출생.

아버지가 어머니의 여동생 후지(フジ)의 시가에서 운영하는 서점 우에야마분에이도(上山文英堂)의 지점장이 되어 중국 랴오닝성의 잉커우(營口)로 건너감.

1906년(3세)

2월 10일, 아버지 쇼노스케가 중국 잉커우에서 사망. 남은 가족이 센자키에서 가네코분에이도를 운영.

1907년(4세)

1월 19일, 남동생 마사스케가 시모노세키의 우에야마분에이도의 주인인 이모부 우에야마 마쓰쿠라(上山松藏)의 양자로 입적.

1908년(5세)

4월, 오빠 겐스케 세토자키진조초등학교(瀨戶崎尋常小學校)에 입학.

1910년(7세)

4월, 데루(미스즈) 오빠와 같은 세토자키진조초등학교 입학.

1914년(11세)

3월, 오빠 겐스케가 초등학교 졸업. 이후 서점을 운영하는 어머니를 도움.

1916년(13세)

3월, 초등학교 졸업.

4월, 군립 오쓰여자고등학교(大津高等女學校) 입학.

1917년(14세)

5월, 오쓰여자고등학교의 동창회지 『미사요(ミサヨ)』 제3호에 작문 「눈」 게재.

1918년(15세)

5월, 『미사요』 제4호에 작문 「우리 집 정원」 게재.

11월 8일, 미스즈의 집에 와 있던 이모 후지 사망.

1919년(16세)

5월, 『미사요』 제5호에 작문 「5월 장마」 게재.

8월 26일, 어머니가 이모부이자 남동생의 양부인 우에야마 마쓰쿠라(上山松蔵)와 재혼.

1920년(17세)

3월, 오쓰여자고등학교 졸업. 서점에서 일을 도움.

1923년까지 3년간, 남동생 마사스케가 자주 센자키에 와서 삼남매의 문예 살롱이 이어짐.

5월, 『미사요』 제6호에 작문 「사회 견학기」 게재.

1921년(18세)

8월, 계부 우에야마 마쓰쿠라가 쓰러져 규슈대학부속병원에서 한 달 반가량 시중을 듦.

9월 11일, 남동생 마사스케 작곡을 시작하자 기타하라 하쿠슈(北原白秋)의 시 「짝사랑」의 작곡을 부탁.

1922년(19세)

11월 3일, 오빠 겐스케가 오시마 지우사(大島チウサ)와 결혼.

1923년(20세)

4월 14일, 어머니가 있는 시모노세키로 가서 서점에서 생활. 그 직전에 손으로 만든 노래집 『부서진 피아노』를, 오쓰고등여학교를 퇴학한 친구 다나베 호호요(田邊豊々代)에게 보냄.

5월 3일, 시모노세키시 구로카와(黒川)사진관에서 사진 촬영. 그후 니시노하타초(西之端町)상품관 내의 우에야마분에이도 지점에서 일하기 시작.

5월 23일, 남동생 마사스케 상경. 이 무렵부터 '미스즈'라는 필명으로 동요를 씀.

6월 잡지에 투고하기 시작.

10월 4일, 남동생 마사스케 시모노세키로 돌아옴.

잡지 『동요』 9월호에 「물고기」·「요술방망이」, 『부인구락부』 9월호에 「곡마단 가설극장」, 『부인화보』 9월호에 「장례식」, 『금의성』

9월호에 「채소가게 비둘기」를 발표. 이후 1929년까지 약 90편을 발표. 특히 『동요』 지상에서 사이조 야소(西條八十)에게 높이 평가받고 젊은 시인 지망생들의 동경의 대상이 됨.

1924년(21세)

7월 6일, 센자키로 귀향.

8월 15일, 결혼한 다나베 호호요와 함께 시모노세키로 돌아옴.

『붉은 새』 4월호에 남동생이 작곡한 「무당벌레」 추천됨.

1925년(22세)

5월 18일, 남동생에게 징병검사 통지가 와 계부 마쓰쿠라가 자신의 양부라는 사실을 알게 됨.

7월 21일, 친구 호호요 사망. 이해 후반, 결혼 이야기가 나옴.

동요시인회 발족. 사토 요시미(佐藤義美), 시마다 다다오(島田忠夫), 와타나베 마스조(渡邊增三) 들의 『만주사화(曼珠沙華)』에 참가. 자선시집 『낭간집(琅玕集)』 시작.

1926년(23세)

1월 6일, 남동생 마사스케가 데루(미스즈)의 결혼 이야기를 듣고 건백서를 냄.

이 무렵, 이미 첫 번째 동요집 『아름다운 마을』과 두 번째 동요집 『하늘의 어머니』 완성.

2월 1일, 마사스케 센자키 방문. 다음날 미카미야마(三上山) 기슭에서 마사스케 눈물의 담판.

2월 17일, 우에야마분에이도 점원과 결혼, 서점 이층에서 신혼생활 시작.

『동요』 4월호 특별 모집에서 「이슬」이 1등으로 뽑힘.

4월 2일, 남동생 가출. 이를 계기로 계부이자 남동생의 양부 마쓰쿠라와 남편의 관계가 악화되어 부부는 시모노세키시 오아자세키우시로지손(大字關後地村) 1724번지로 이사.

7월, 동요시인회 회원으로 인정받아 동회편 『일본동요집』에 「풍어」, 「물고기」 게재.

11월 24일, 딸 후사에를 낳음. 시모노세키시 가미신치초(上新地町) 2379번지로 이사.

『애송』 12월호에 「세계 속의 임금님」 발표. 이후 1929년 5월경까지 『애송』에 계속 기고.

1927년(24세)

여름, 시모노세키역에서 사이조 야소를 만남.

8월 12일 할머니 우메 사망.
10월, 구마모토(熊本)에 있는 시댁 방문. 구마모토에서 시모노세키로 돌아와 사촌언니 다카하시 우타코(高橋歌子) 집에서 머묾.
11월, 시모노세키 가미신치초 2379번지에서 남편이 식료품점 · 완구점을 시작. 그후 발병.
사이조 야소가 엮은 『일본동요집 상급 편』에 「물고기」 게재.

1928년(25세)

3월, 시마다 다다오가 상품관을 방문했지만 와병으로 인해 만나지 못함.
7월, 남동생 마사스케 상경. 취직을 부탁하는 편지를 후루카와 롯파(古川綠波)에게 보냄. 남동생이 떠난 후 남편이 미스즈의 창작 활동과 편지 쓰기를 금지. 마사스케 연말에 문예춘추사에 취직.
『촛대』 9월호에 「눈」을 발표한 후 「햇살」, 「언덕 위에서」 발표.

1929년(26세)

봄, 시모노세키시 가미신치초 119번지로 이사. 여름부터 가을까지 세 권의 유고집 정서(한 질은 사이조 야소에게, 다른 한 질은 마사스케에게 맡김). 시모노세키시 가미신치초 2449로 네 번째 이사. 이후 병상에 누움. 9월 26일부 엽서에 "걸레질을 조금 했더니 또 닷새를 쉬어야 했습니다"라고 씀.
10월부터 딸 후사에의 말을 채집하여 『난킨타마(南京玉)』을 쓰기 시작.

1930년(27세)

2월, 남편과 별거.
2월 9일, 『난킨타마(南京玉)』 중지.
2월 27일, 정식으로 이혼하고 거처를 우에야마분에이도로 옮김.
3월 9일, 시모노세키시 가메야마하치만구(龜山八幡宮) 인근의 미요시사진관에서 마지막 사진을 찍음.
3월 10일, 딸을 빼앗길 것을 두려워하여 수면제를 음독하고 우에야마분에이도 내에서 향년 27세로 생을 마감.
7월, 남동생 마사스케가 문예춘추사를 퇴사하고 시모노세키로 돌아옴.
11월, 남동생이 가스케(雅輔)라는 필명으로 『가네코 미스즈 유작에 의한 소품 시나리오 4편』 집필.

1931년

4월 22일, 계부이자 남동생의 양부 마쓰쿠라 사망. 그후 가스케 다시 상경.

『촛대』 6월호에 가스케가 「가네코 미스즈에 대한 것들」 발표.

『밀랍인형』 9월호에 사이조 야소가 「시모노세키에서의 하룻밤 : 떠난 가네코 미스즈에 대한 추억」을 발표하고 「고치와 무덤」을 소개. 그후 『시를 생각하는 마음』(1936), 『젊은 날의 꿈』(1936)에 수록.

1933년

12월, 가스케 희곡 '자서전 시리즈' 집필 시작. 「보람 없는 청춘」(1933. 2), 「사다코의 결혼」(1934. 3), 「화려한 우울」(1941. 8)을 연이어 발표.

1935년

『소녀구락부』 8~9월호에 사이조 야소가 「내가 좋아하는 시에서」를 연재. 여기에 미스즈의 「소매」·「물고기」·「풍어」 등 일곱 편 소개. 이후 『나의 시작 노트에서』(1936)에 수록.

1936년

『어린이의 세계』 6월호에 「도르래」가, 9월호에 「물고기」가 실림.

1937년

『밀랍인형』 2~3월호에 시마다 다다오가 「박명의 동요시인 가네코 미스즈 씨의 작품」을 연재하며 「흙」·「넓은 하늘」 등 열두 편 소개.

1938년

『사화집 야마구치현 시선』에 「삼나무」, 「흙」 수록.

1941년

남동생 가스케, 『평석 가네코 미스즈 동화집』을 만드나 미완성.

1954년

『일본유년동화전집 7 동요 편』 가와데서방(河出書房) 에 「장례식 날」, 「풍어」 등 열 편이 수록.

1957년

『일본동요집』 이와나미문고(岩波文庫) 에 「풍어」 수록.

1961년

『세계동화전집 18 세계동요집』 고단샤(講談社) 에 「이슬」 수록

1966년

대학 1학년생이던 동요시인 야자키 세쓰오(矢崎節夫), 『일본

동요집』에서 「풍어」를 읽고는 강렬한 충격을 받아 미스즈 찾기를 시작.

1967년

『일본아동문학전집 15　일본동요집』 가이세이사(偕成社)에 「풍어」, 「이슬」 수록.

1969년

『다이쇼 · 쇼와 초기 명작 24인선 동요』 차일드본사(チャイルド本社)에 「이슬」 수록.

1970년

가네코 미스즈 동요집 『고치와 무덤』 계절의창시사(季節の窓時舍)에서 30편의 작품을 소개.

1982년

6월 20일, 야자키 세쓰오가 남동생 우에야마 가스케를 만나 세 권의 유고 동요집과 사진 등을 부탁받음.

9월, 야자키 『아동문예』 임시 증간호에 「가네코 미스즈 : 발견한 세 권의 유고집과 사진」을 발표.

1983년

12월, 『아사히신문(朝日新聞)』이 미스즈의 유고 발견과 전집 발행을 보도.

1984년

2월 28일, 세 권의 유고 동요집이 『가네코 미스즈 전집』으로 JULA출판국에서 간행.

3월 10일, 나가토시(長門市)에서 제1회 가네코 미스즈 추도회 겸 전집 출판 축하회가 열림. 이후 미스즈의 추도회는 현재까지 매년 열리고 있음.

6월 19일, 요시오카 시게미(吉岡しげ美)가 콘서트 「환상의 동요시인 가네코 미스즈의 세계」를 개최. 요시오카는 그후에도 작곡을 계속하여 콘서트를 열고 있음.

8월 31일, 60편이 수록된 가네코 미스즈 동요집 『나와 작은 새와 방울과』(JULA출판국) 출간.

1985년

3월, 도쿄대학교 2차시험문제(국어)에 가네코 미스즈의 「쌓인 눈」과 「풍어」가 인용.

10월, 그림책 『별과 민들레』 우에노 노리코(上野紀子) 그림, JULA출판국 발행.

1986년

8월, 나가토시에 가네코 미스즈 현창회 설립.

1990년

나가토시가 「고치와 무덤」에 '좋은 애는 날 수 있어요'라는 부제를 붙여 고향 멜로디로 지정하여 저녁을 알리는 종소리로 사용하고 있음.

1992년

9월 27일, 유야마 아키라(湯山昭)가 「가네코 미스즈의 시에 의한 아성합창을 위한 에세이. 해바라기의 노래」 발표.

1993년

2월 28일, 『가네코 미스즈의 생애』(JULA출판국) 발행.

4월 7일, 『아사히신문』의 「천성인어(天聲人語)」에서 『가네코 미스즈의 생애』를 소개.

1994년

8월 7일, 니혼텔레비전 「알고 있는가?!」에서 「환상의 동요시인 가네코 미스즈」를 방영.

1995년

8월 27일, NHK스페셜 「마음의 왕국 · 동요시인 가네코 미스즈의 세계」 방영.

12월, 네팔에 미스즈초등학교 개교.

오니시 스스무(大西進)가 CD 「가네코 미스즈 모두 달라서, 모두가 좋아 나와 작은 새와 방울과」를 발표.

1996년

초등학교 교과서에 가네코 미스즈의 시 수록.

1997년

6월, 네팔에 제2미스즈초등학교 개교.

1998년

7월, 야자키 세쓰오 등의 주창으로 도쿄에 가네코 미스즈 펜클럽 '스페이스 미스즈 코스모스' 설립.

1999년

1월, 아사히신문사 주최로 「환상의 동요시인 가네코 미스즈의 세계전」 시작. 시모노세키에서 막을 올려 2001년 9월 나가토까지 전국 12곳을 순회.

6월, 영어로 옮긴 『섬싱 나이스』 발행.

7월, 니시무라 나오키(西村 直記)가 CD 「가네코 미스즈의 세계」, 「노래의 여행」, 「합창의 여행」, 「낭독의 여행」을 발표.
8월, 힌디어로 번역한 『속눈썹의 무지개』 발행.

2000년

5월 27~28일, 하야사카 아키라(早坂暁)가 각본을 쓰고 연출한 연극 「그날 사진관에서」 공연. 이후 「최후의 사진관」으로 모습을 바꾸어 계속되고 있음.

2001년

2월, 중국어로 옮긴 『별과 민들레』 발행.
5월, 도쿄 예술좌에서 이시이 후쿠코(石井ふく子)가 연출한 연극 「하늘의 어머니. 동요시인 가네코 미스즈와 그 어머니」 공연.
8월 27일, 텔레비전 드라마 「밝은 쪽으로, 밝은 쪽으로」(이시이 후쿠코가 프로듀스)가 TBS에서 방영. 이가라시 쇼(五十嵐匠) 감독의 영화 「미스즈」 공개. 10월부터 일본 전국에 공개.

2002년

2월, 「나카지마 기요시(中島潔)가 그리는 가네코 미스즈 : 눈길」(아사히신문사 주최)이 전국을 순회. 탄생 1백 주년 기념사업 시작.

2003년

4월 11일, 나가토시립 '가네코 미스즈 기념관' 개관. 기념우표 '가네코 미스즈와 고향 나가토'를 전국에서 발매.
4월 11일 『난킨타마 : 딸 후사에 3세의 언어 기록』(JULA출판국) 발행
4월, 프랑스어로 옮긴 『가네코 미스즈 시초 : 하늘은 역시 파랬습니다』 발행.
10월, 독일어로 옮긴 『대역 가네코 미스즈』 발행.
11월 16일, 탄생 1백 주년 기념 콘서트 「모두 달라서, 모두가 좋아」 개최.

2004년

3월 10일, 『가네코 미스즈 동요전집』(JULA출판국) 전 6권 완결.
3월, 네팔어로 옮긴 『별과 민들레』 발행.
12월 30일, 아사히신문사 주최 「생명과 마음의 우주 동요시인 가네코 미스즈전」 전국 5개 도시 순회.

2005년

1월 1일, 『동요 · 소곡 낭간집』(JULA출판국) 발행. 이로써 미스즈의 유고 수첩 출판 완결.

2006년

폴란드어로 옮긴 『나와 작은 새와 방울과』 발행.

2월, 한국어로 옮긴 『나와 작은 새와 방울과』(도서출판 소화) 발행.

몽골어로 옮긴 『사랑과 빛 : 가네코 미스즈』 발행.

2007년

1월, 중국어로 옮긴 『밝은 쪽으로』 발행.

9월, 하마 게이스케(濱圭介)가 CD 「미스즈의 노래」 발표.

2010년

3월 24일, 마이니치신문사 주최 「사후 80년 가네코 미스즈전 : 모두 달라서, 모두가 좋아」 개최. 전국 11개 도시 순회.
나카시마 기요시가 교토의 기요미즈테라(清水寺)에 봉납한 후스마에• 중 한 장이 「풍어」를 모티프로 한 것임.

2011년

2월, 페르시아어로 옮긴 『나와 작은 새와 방울과』 발행.

3월 11일, 동일본대지진. 직후부터 AC재팬의 광고로 「메아리신가요」가 전국에 흘러 나감.

2012년

7월 9일, 텔레비전 드라마 「가네코 미스즈 이야기 : 모두가 달라서, 모두가 좋아」(이시이 후쿠코가 프로듀스) TBS에서 방영.

2013년

4월 11일, 탄생 110년.

• 襖絵. 맹장지에 그린 그림

옮긴이의 말

가네코 미스즈의 시집을 만난 것은 1994년 2월 일본에 처음 갔을 때 와세다대학 근처의 어느 작은 책방에서였습니다. 그때의 감동은 세월이 많이 흐른 지금도 잊을 수 없습니다. 그동안 참 많은 길을 걸었습니다. 한국에서 일본으로, 일본에서 한국으로, 낯선 도시의 길을 지나기도 하고, 민들레가 지천으로 피어 있는 시골의 들길을 걷기도 했습니다. 저녁 햇살이 고즈넉하던 아스카마을에서 나라로 그리고 교토로 가던 길……. 길은 한국에서 일본으로, 일본에서 한국으로 끝없이 이어져 있었습니다. 그런 수많은 길을 걸으면서 가네코 미스즈의 시를 잊지 않고 있었습니다. 그의 조그만 시편들은 오랫동안 내 여정의 길벗이었습니다. 한 편, 한 편, 그의 시들을 나의 모국어로 옮겨 적으면서 늘 새로운 길을 걷는 것만큼이나 행복했습니다. 그 시들이 나의 모국어로 옮겨져서 낯선 산길의 들꽃처럼 다시 피어나는 모습을 바라보는 것은 얼마나 기쁘고 가슴 조마조마한 일이었는지 모릅니다.

작고 연약하지만 또렷하게 피어나 초롱초롱한 눈빛으로 바라보는 그 생명력. 시대와 공간을 뛰어넘어 다시 살아나서 영롱한 꽃으로 피어나는 시 정신. 그것은 모든 살아 있는 존재에 대한 따뜻한 사랑의 마음일 것입니다. 하늘, 바다, 산, 섬, 구름, 돌멩이, 골목길, 작은 개미 한 마리……

이 세상의 모든 존재를 따뜻한 빛으로 비추어 주는 하느님의 마음에 닿아 있기 때문일 것입니다. 나는 가네코 미스즈의 시 512편을 우리말로 옮기면서 공자님이 『시경』의 시 3백 편을 일러 하셨다는 '사무사(思無邪)'라는 말이 자꾸만 떠올랐습니다.

가네코 미스즈의 시는 2006년 『나와 작은 새와 방울과』(도서출판 소화)라는 책으로 우리나라에 처음 소개되었습니다. 60편이 담긴 작은 시선집이지만 그동안 많은 분이 이 책을 사랑해 주셨고, 그로 인하여 '가네코 미스즈'라는 이름을 아는 한국 사람도 꽤 생겼습니다.

한국어판 『가네코 미스즈 전집』은 1984년 일본의 JULA 출판국에서 간행한 『가네코 미스즈 전집(金子みすゞ全集) I~III』을 텍스트로 삼았습니다. 한국어로 옮기면서 혹시 원작이 지닌 시로서의 의미와 울림에 손상이 가지 않을까 조심조심 정성을 들였습니다. 그러나 새로 갈고 닦을수록 점점 빛이 나고 단단해지는 모습을 보면서 아직도 다듬어야 할 부분이 많이 남아 있다는 걸 느낍니다. 부디 그의 사랑스런 시편들이 이곳 우리나라의 땅에 뿌리내려 산과 들에 그리고 도시의 예쁜 진열장에서 한 송이의 꽃으로 피어나기를 소망합니다.

아쉬운 점은 원저는 세 권으로 되어 있으나, 한국어판 『가네코 미스즈 전집』은 여러 사정으로 두 권으로 편집할 수밖에 없었다는 것입니다. 그러나 원저에 수록된 512편 모두를 순서도 바꾸지 않고 그대로 담았습니다.

이 책을 출판할 수 있도록 지원해 주신 일본국제교류기금에 감사드립니다. 그리고 JULA출판국의 오무라 유코(大村裕子) 님과 이 책을 위해 특별히 한국어판 서문을 써주신 야자키 세쓰오(矢崎節夫) 님께 감사드립니다. 그리고 초등학교 적 나의 담임선생님이신 아동문학가 소산(蘇山) 임원재 선생님, 성공회대학교의 강인선 교수님, 출판계의 어려운 사정에도 불구하고 이 책을 직접 기획 · 편집하여 출판해 주신 소화출판사의 모든 분께 고마움의 뜻을 전하고 싶습니다.

2015년 새봄을 맞으며
서승주

가네코 미스즈 전집 1

별과 민들레

초판 1쇄 발행 2015년 2월 17일
초판 2쇄 발행 2018년 4월 20일

지은이 가네코 미스즈
옮긴이 서승주
발행인 고화숙
발행처 도서출판 소화
등 록 제13-412호
주 소 서울시 영등포구 버드나루로 69
전 화 02-2677-5890(代)
팩 스 02-2636-6393
홈페이지 www.sowha.com

ISBN 978-89-8410-477-8 04830
978-89-8410-476-1(세트)

값 13,500원

잘못된 책은 언제나 바꾸어 드립니다.

이 책의 국립중앙도서관 출판시도서목록은(CIP)
서지정보유통지원시스템 홈페이지(http://seoji.nl.go.kr)와
국가자료공동목록시스템(http://www.nl.go.kr/kolisnet)에서
이용하실 수 있습니다. (CIP제어번호 : CIP2015004186)